林贤治 主编
百年中篇典藏

阳光

老舍 著

南方出版传媒
花城出版社
中国·广州

图书在版编目（CIP）数据

阳光 / 老舍著. -- 广州：花城出版社，2021.3
（百年中篇典藏 / 林贤治主编）
ISBN 978-7-5360-9104-7

Ⅰ. ①阳… Ⅱ. ①老… Ⅲ. ①中篇小说－小说集－中国－现代 Ⅳ. ①I246.5

中国版本图书馆CIP数据核字(2020)第266832号

出 版 人：肖延兵
丛书策划：张　懿
出版统筹：邹蔚昀
责任编辑：凌春梅
技术编辑：薛伟民
装帧设计：林露茜

书　　名	阳光 YANG GUANG
出版发行	花城出版社 （广州市环市东路水荫路11号）
经　　销	全国新华书店
印　　刷	恒美印务（广州）有限公司 （广州南沙经济技术开发区环市大道南路334号）
开　　本	880毫米×1230毫米　32开
印　　张	4.75　2插页
字　　数	105,000字
版　　次	2021年3月第1版　2021年3月第1次印刷
定　　价	43.80元

如发现印装质量问题，请直接与印刷厂联系调换。
购书热线：020-37604658　37602954
花城出版社网站：http://www.fcph.com.cn

总序

林贤治

中国新文学从产生之日起,便带上世界主义的性质。这不只在于由文言到白话的转变,重要的是文学观念的革新。从此,出现了新的文体,新的主题,新的场景、人物和故事,于是一个新的文学时代开始了。

以文体论,所谓"文学革命"最早从诗和散文开始。小说是后发的,先是短篇,后是中篇和长篇,作者也日渐增多起来。由于五四的风气所致,早期小说的题材多囿于知识人的家庭冲突和感情生活;继"畸零人"之后,社会底层多种小人物出现了,广大农民的命运悲剧与农村中的阶级斗争进而廓张了小说的疆域,随后,城市工人与市民生活也相继进入了小说家的视野。小说以它的叙事性、故事性,先天地具有一种大众文化的要素,比较诗和散文,影响更为迅捷和深广。

从小说的长度看,中篇介于短篇与长篇之间,但也因此兼具了两者的优长。由于具有相当的体量,中篇小说可以容纳更多的社会内容;又由于结构不太复杂而易于经营,所以,自二十世纪二十年代以来,小说家多有中篇制作。论成就,或许略逊于长篇,但胜于短篇是肯定的。

一九二二年，鲁迅在报上连载《阿Q正传》。这是新文学运动发生以后的第一个中篇小说，在革命的大背景下，为国人的灵魂造像；形式之新，寓意之深，辉煌了整个文坛。阿Q，作为一个典型人物，相当于塞万提斯笔下的堂·吉诃德，在中国，为广大的人们所熟知，他的"精神胜利法"成了民族的寓言。在二十年代，创造社和文学研究会的作家创作颇丰，中篇小说作家有郁达夫、废名、许地山、茅盾，以及沅君、庐隐、丁玲等。郁达夫在五四文学中享有盛名。他的小说，最早创造了"零余者"的形象，其中自我暴露、性描写，在当时是惊世骇俗的，虽然有颓废的倾向，却不无反封建的进步的意义。《迷羊》《她是一个弱女子》是他的代表性作品，打着时代特有的个性主义和人道主义的双重烙印。在丁玲的《莎菲女士的日记》中，作为刚刚觉醒的女性主义者，追求个性解放和自由恋爱的莎菲女士，结果陷入歧路彷徨、无从选择的困局之中，表现了一代五四新女性所面临的新观念与旧事物相冲突的尴尬处境。继鲁迅之后，一批"乡土作家"如台静农、蹇先艾、许钦文、王鲁彦等崛起文坛，是当时的一个突出的文学现象。但是佳作不多，中篇绝少。

毕竟是新文学的发轫期，二十世纪二十年代的小说大多流于粗浅，至三十年代，作家队伍迅速扩大，而且明显地变得成熟起来。有三种文学，其中一种是所谓"民族主义文学""三民主义文学"；另一种与官方文学相对立，在当时声势颇大，称为"左翼文学"。以"左联"为中心，小说作家有茅盾、柔石、蒋光慈、叶紫、张天翼、丁玲，外围有影响的还有萧军、萧红等。其中，中篇如《林家铺子》《二月》《丽莎的哀怨》

《星》《八月的乡村》《生死场》，都是有影响的作品。茅盾素喜取景历史的大框架，早期较重人物的生理和心理描写，有点自然主义的味道，后来有更多的理性介入，重社会分析。中篇《林家铺子》讲述杭嘉湖地区一个小店铺老板苦苦挣扎，终于破产的故事。同《春蚕》诸篇一起，展开二十世纪三十年代民族危难、民生凋敝的广阔的社会图景。《二月》是柔石的一部诗意作品。小说在一个江南小镇中引出陶岚的爱情，文嫂的悲剧，和一个交头接耳、光怪陆离而又死气沉沉的社会。最后，主人公萧涧秋在流言的打击下，黯然离开小镇。作者以工妙的技巧，揭示了知识分子在残酷的现实生活中进退失据的精神状态。诗人蒋光慈的小说《丽莎的哀怨》《冲出云围的月亮》发表后，受到左翼作家的批判，影响轰动一时。其实"革命+恋爱"的创作模式，并不能遮掩小说所展露的人性的光辉。特别在充斥着"左"倾教条主义政治话语的语境中，作者执着于对"人"的描写，对人性与环境的真实性呈现，是极为难得的。萧军和萧红是东北流亡作家，作品充满着一种家国之痛。《八月的乡村》以场景的连缀，展示了与日本和伪满洲国军队战斗的全貌。《生死场》超越民族和国家的限界，着眼于土地和人的生存。"在乡村，人和动物一起忙着生，忙着死"，是贯穿全篇的主旋律。小说有着深厚的人本主义的内涵，带有启蒙的意义。

此外，还有一种文学，来自一批自由派作家，独立的作家，难以归类的作家。如老舍、巴金、沈从文等，在艺术上，有着更为自觉的追求。像沈从文的《边城》《长河》，就没有左翼作品那种强烈的阶级意识。沈从文自称"是个不想明白道理却永远为现象所倾心的人"。他倾情于"永远的湘西",着意于表现自然之美与野蛮的力,叙述是沉静的,描写是细致的,一些残酷的血腥的故事,在他的笔下,也都往往转换成文化的美,诗意的美,而非伦理的美。巴金早期的小说颇具政治色彩,如《灭亡》;而《憩园》,则是一种挽歌调子,很个人化的。施蛰存等一批上海作家是另一种面貌,他们颇受西方现代派文学的影响,从事实验性写作。不过,值得指出的是,左翼作家是一批青年叛逆者,敢于正视现实、反抗黑暗;其中有些作品虽然因意识形态的影响而在一定程度上削弱了艺术的力量,但是仍然不失为当时最为坚实锋锐的文学,是五四的"人的文学"的合理的延伸。

整个二十世纪四十年代动荡不安。这时,除了早年成名的作家遗下一些创作外,新进的作家作品不多,突出的有张爱玲的《金锁记》和路翎的《饥饿的郭素娥》。张爱玲善于观察和描写人性幽暗的一面,《金锁记》可谓代表作。路翎的《饥饿的郭素娥》何尝不是写人性,却是张扬的、光明的、美善的。在劳动妇女郭素娥的身上,不无精神奴役的创伤,却更多地表现出了与命运抗争的顽强的生命力。延安文学开拓出另一片天地:清新、简朴、颂歌式。丁玲的《在医院中》《我在霞村的时候》,以及赵树理的《小二黑结婚》《李有才板话》,形态很不相同,但在文学史上都有着全新的意义。在丁玲这里,明显地带有五四时期的个人主义和女性主义的残留,所以当时遭到不合理的批判。赵树理的小说,可以说专写农村和农民,但不同于此前知识分子作家的乡土小说,强调的不是苦难,而是新生的活力和希望。语言形式是民族的、传统的,结合现代小说的元素,有个人的创造性,但无疑地更加切合时代的需要。所以,周扬高度评价赵树理的作品,称为"新文艺的方向"。

一九四九年以后,中国有了统一的文坛。从五十年代初期的文艺整风开始,多种政治运动接连不断,对作家的思想、个性和创造力造成了不同程度的损害。比如对萧也牧的《我们夫妇之间》的批判,以及随后对路翎入朝创作的《洼地上的"战役"》等小说的批判,都在小说界产生了直接的消极影响。

二十世纪五六十年代的中短篇小说颇为寥落。少数青年作者带有锐意的作品,如王蒙的《组织部来了个年轻人》,较早表现反官僚主义的主题。小说也许受到来自苏联的"写真实""干预生活"等理论和作品的影响,但是作者无意模仿,这里是来自五十年代中国的真实生活,和一个"少布"的理想激情的历史性相遇。它的出现,本是文学话语,通过政治解读遂成为"毒草",二十年后同众多杂草一起,作为"重放的鲜花"傲然出现。老作家孙犁以一贯的诗性笔调写农业合作化运动,自然被"边缘化";赵树理一直注目于农村中的"中间人物",却在一九六二年著名的"大连会议"之后为激进的批判家所抛弃。"文革"十年,文坛荒废,荆棘遍地;所谓"迷阳聊饰大田荒",甚至连迷阳也没有。

"文革"结束以后,地下水喷出了地面。以短篇小说《伤痕》为标志的一种暴露性文学出现了,此时,一批带有创伤记忆的中篇如《天云山传奇》《犯人李铜钟的故事》《大墙下的红玉兰》《绿化树》《一个冬天的童话》《被爱情遗忘的角落》等同时问世。《绿化树》叙写的是右派章永璘被流放到西北劳改农场的经历,是张贤亮描写中国知识分子历史命运的一部力作。与其他"大墙文学"不同的是，作者突出地写了食和性。通过对主人公一系列忏悔、内疚、自省等心理活动的描写，对饥饿包括性饥饿的剖视，真实地再现了特定年代中的知识分子的苦难生活。作者还创作了系列类似的小说，名为"唯物论者的启示录"，对一代知识分子命运作了深入的反思。张弦的小说，妇女形象的描写集中而出色。《被爱情遗忘的角落》《未亡人》《挣不断的红丝线》，其中的女性，无论在农村还是城市，无论是少女还是寡妇，都是生活中的弱势者，极"左"路线下的不幸者、失败者和牺牲者。驰骋文坛的，除了伤痕累累的老作家之外，又多出一支以知青作家为代表的新军，作品有张承志的《北方的河》《黑骏马》，王小波的《黄金时代》，阿城的《棋王》等。或者表达青年一代被劫夺的苦痛，或者表现为对土地和人民的皈依，都是去除了"瞒和骗"的写真实的作品。这时，关注现实生活的小说多起来了。无论是蒋子龙的《乔厂长上任记》、高晓声的《陈奂生上城》，还是谌容的《人到中年》、路遥的《人生》，都着意表现中国社会的困境，不曾回避转型时期的问题。《人到中年》通过中年眼科大夫陆文婷因工作和家庭负担过重，积劳成疾，濒临死亡的故事，揭示中国知识分子的生存现状，可谓切中时弊。小说创造了陆文婷这个悲剧性的英雄形象，富于艺术感染力，一经发表，立即引起社会的巨大反响。

二十世纪八十年代初期中国作家非常活跃，带来中篇小说空前的繁荣。这时，出现了重在人性表现的另类作品，如汪曾祺的《受戒》《大淖记事》，张洁的《爱，是不能忘记的》，还有史铁生的《关于詹牧师的报告文学》《命若琴弦》等，显示了创作的多元化倾向。汪曾祺的小说创作起步于二十世纪四十年代，却因时代的劫难，空置几十年之后，终至大器晚成。他自称是"一个中国式的抒情的人道主义者"，小说多叙民间故事，十足的中国风。《大淖记事》乃短篇连缀，散文化、抒情性，气象阔大，尺幅千里，在他的作品中是有代表性的。

八十年代中期，"思想解放运动"落潮，美学热、文化热兴起。在文学界，"寻根文学""先锋小说"应运而生。"寻根"本是现实问题的深化，然而，"寻"的结果，往往"超时代"，脱离现实政治。王安忆的《小鲍庄》，以多元的叙述视角，通过对淮北一个小村庄几户人家的命运，尤其是捞渣之死的描写，剖析了传统乡村的文化心理结构，内含对国民性及现实生活的双面批判，是其中少有的佳作。"先锋小说"在叙事上丰富了中国小说，但是由于欠缺坚实的人生体验，大体浅尝辄止，成就不大，有不少西方现代主义的赝品。

至九十年代，中篇小说创作进入低落、平稳的状态。这时，作家或者倡言"新写实主义"，"分享艰难"，或者标榜"个人化叙事"，暴露私隐。无论回归正统还是偏离正统，都意味着文学进入了一个思想淡出、收敛锋芒的时期。王朔是一个异类，嘲弄一切，否弃一切；他的作品，容易让人想起鲁迅的名文《流氓的变迁》，却也不失其解构的意义。这时，有不少作家致力于历史题材的书写或改写，莫言的《红高粱》写抗战时期的民众抗争，格非的《迷舟》写北伐战事，从叙述学的角度看，明显是另辟蹊径的。苏童的《妻妾成群》，写的是大家族的妇女生活。在大宅门内，正妻看透世事，转而信佛；

小妾却互相倾轧,死的死,疯的疯。这些女人,都需要依附主子而活,互相迫害成为常态,不失为一个古老的男权社会的象征。尤凤伟的《小灯》和林白的《回廊之椅》写历史运动,视角不同,笔调也很不一样。尤凤伟重写实,重细节,笔力雄健;林白则往往避实就虚,描写多带诗性,比较丁玲的《太阳照在桑干河上》和周立波的《暴风骤雨》等经典作品,却都是带有颠覆性的叙述。贾平凹有一个关于土匪生活的系列中篇,艺术上很有特色。现实题材中,余华的《许三观卖血记》,刘庆邦的《到城里去》,迟子建的《世界上所有的夜晚》,胡学文的乡土故事和徐则臣的北漂系列,多向写出"新时期"的种种窘态。钟求是的《谢雨的大学》,解析当代英雄,包括大学教育体制,是一个值得注意的作品。关于官场、矿区、下岗工人、性工作者,现代化、城市化过程中的一些重大的社会事件和现象,都在中篇创作中有所反映,但大多显得简单粗糙,质量不高。

  一百年来,经过时间的淘洗,积累了一批具有经典性、代表性的中篇小说。"百年中篇典藏"按现代到当代的不同时段,从中遴选出二十四部作品,同时选入相关的其他中短篇乃至散文、评论若干一起出版。宗旨是,使读者对具体的作家、作品,乃至一百年来中篇小说创作的源流状貌有一个较为完整的了解。

老舍

作者简介

老舍（1899—1966），原名舒庆春，字舍予。满族（正红旗），北京人。中国现代著名作家，杰出的语言大师、人民艺术家。老舍创作颇丰，代表作有小说《骆驼祥子》《四世同堂》，话剧《茶馆》《龙须沟》等。

老舍在伦敦(左为阎宝航,中为老舍)

老舍在巴黎和友人董绍良合影

老舍赠胡絜青的第一张照片

老舍在青岛创作《骆驼祥子》时

老舍在济南寓中（胡絜青抱着不满周岁的舒济）

全家福（左起老舍、胡絜青、舒立、舒乙、舒雨、舒济）

老舍在人艺联欢会上说笑话（其右为焦菊隐，其左为欧阳山尊）

老舍在日本

老舍在美国伯克利大学（右起老舍、曹禺、汉斯、陈士襄夫妇）

老舍和工人业余演出者合影

老舍和周恩来

黄永玉作齐白石画像，老舍题词赠刘金涛

老舍在写作

目录

阳光　老舍　/1
月牙儿　老舍　/33
我这一辈子　老舍　/63

老舍年表　/128

阳 光

老 舍

一

想起幼年来,我便想到一株细条而开着朵大花的牡丹,在春晴的阳光下,放着明艳的红瓣儿与金黄的蕊。我便是那朵牡丹。偶尔有一点愁恼,不过像一片早霞,虽然没有阳光那样鲜亮,到底还是红的。我不大记得幼时有过阴天;不错,有的时候确是落了雨,可是我对于雨的印象是那美的虹,积水上飞来飞去的蜻蜓,与带着水珠的花。自幼我就晓得我的娇贵与美丽,自幼我便比别的小孩精明,因为我有机会学事儿。要说我比别人多会着什么,倒未必;我并不须学习什么。可是我精明,这大概是因为有许多人替我作事;我一张嘴,事情便作成了。这样,我的聪明是在怎样支使人,和判断别人作的怎样:

好，还是不好。所以我精明。别人比我低，所以才受我的支使；别人比我笨，所以才不能老满足我的心意。地位的优越使我精明。可是我不愿承认地位的优越，而永远自信我很精明。因此，不但我是在阳光中，而且我自居是个明艳光暖的小太阳；我自己发着光。

二

我的父母兄弟，要是比起别人的，都很精明体面。可是跟我一比，他们还不算顶精明，顶体面。父母只有我这么一个女儿，兄弟只有我这么一个姊妹，我天生来的可贵。连父母都得听我的话。我永远是对的。我要在平地上跌倒，他们便争着去责打那块地；我要是说苹果咬了我的唇，他们便齐声的骂苹果。我并不感谢他们，他们应当服从我。世上的一切都应当服从我。

三

记忆中的幼年是一片阳光，照着没有经过排列的颜色，像风中的一片各色的花，摇动复杂而浓艳。我也记得我曾害过小小的病，但是病更使我娇贵，添上许多甜美的细小的悲哀，与意外的被人怜爱。我现在还记得那透明的冰糖块儿，把药汁的苦味减到几乎是可爱的。在病中我是温室里的早花，虽然稍微细弱一些，可是更秀丽可喜。

四

到学校去读书是较大的变动,可是父母的疼爱与教师的保护使我只记得我的胜利,而忘了那一点点痛苦。在低级里,我已经觉出我自己的优越。我不怕生人,对着生人我敢唱歌,跳舞。我的装束永远是最漂亮的。我的成绩也是最好的;假若我有作不上来的,回到家中自有人替我作成,而最高的分数是我的。因为这些学校中的训练,我也在亲友中得到美誉与光荣,我常去给新娘子拉纱,或提着花篮,我会眼看着我的脚尖慢慢的走,觉出我的腮上必是红得像两瓣儿海棠花。我的玩具,我的学校用品,都证明我的阔绰。我很骄傲,可也有时候很大方,我爱谁就给谁一件东西。在我生气的时候,我随便撕碎摔坏我的东西,使大家知道我的脾气。

五

入了高小,我开始觉出我的价值。我厉害,我美丽,我会说话,我背地里听见有人讲究我,说我聪明外露,说我的鼻孔有点向上翻着。我对着镜子细看,是的,他们说对了。但是那并不减少我的美丽。至于聪明外露,我喜欢这样。我的鼻孔向上撑着点,不但是件事实而且我自傲有这件事实。我觉出我的鼻孔可爱,它向上翻着点,好像是藐视一切,和一切挑战;我心中的最厉害的话先由鼻孔透出一点来;当我说过了那样的话,我的嘴唇向下撇一些,把鼻尖坠下来,像花朵在晚间自己并上那样甜美的自爱。对于功课,我不大注意;我的学校里本来不大注意功课。况且功课与我没多大关系,我和我的同学们都是阔家的女儿,我们顾衣裳与打扮还顾不来,哪有工夫去管功课呢。学校里的穷人与先生与工友们!我们不能听工友的管辖,正像不能受先生们的指挥。先生们也知道她们不应当管学生。况且我们的名誉并不因此而受损失;讲跳舞,讲唱歌,讲演剧,都是我们的最好,每次赛会都是我们第一。就是手工图画也是我们的最好,我们买得起的材料,别的学校的学生买不起。我们说不上爱学校与先生们来,可也不恨它与她们,我们的光荣常常与学校分不开。

六

在高小里,我的生活不尽是阳光了。有时候我与同学们争吵得很厉害。虽然胜利多半是我的,可是在战斗的期间到底是费心劳神的。我们常因服装与头发的式样,或别种小的事,发生意见,分成多少党。我总是作首领的。我得细心的计划,因为我是首领。我天生来是该作首领的,多数的同学好像是木头作的,只能服从,没有一点主意;我是她们的脑子。

七

在毕业的那一年,我与班友们都自居为大姑娘了。我们非常的爱上学。不是对功课有兴趣,而是我们爱学校中的自由。我们三个一群,两个一伙,挤着搂着,充分自由的讲究那些我们并不十分明白而愿意明白的事。我们不能在另一个地方找到这种谈话与欢喜,我们不再和小学生们来往,我们所知道的和我们以为已经知道的那些事使我们觉得像小说中的女子。我们什么也不知道,也不愿意知道什么;我们只喜爱小说中的人与事。我们交换着知识使大家都走入一种梦幻境界。我们知道许多女侠,许多烈女,许多不守规矩的女郎。可是我们所最喜欢的是那种多心眼的,痴情的女子,像林黛玉那样的。我们都愿意聪明,能说出些尖酸而伤感的话。我们管我们的课室叫"大观园"。是的,我们也看电影,但是电影中的动作太粗野,不像我们理想中的那么缠绵。我们既都是阔家的女儿,在谈话中也低声报告着在家中各人所看到的事,关于男女的事。这些事正如电影中的,能满足我们一时的好奇心,而没有多少味道。我们不希望干那些姨太太们所干的事,我们都自居为真正的爱人,有理想,有痴情;虽然我们并不懂得什么。无论怎说吧,我们的一半纯洁一半污浊的心使我们愿意听那些坏事,而希望自己保持住娇贵与聪明。我们是一群十四五岁的鲜花。

八

在初入中学的时候,我与班友们由大姑娘又变成了小姑娘;高年级的同学看不起我们。她们不但看不起我们,也故意的戏弄我们。她们常把我们捉了去,作她们的dear,大学生自居为男子。这个,使我们害羞,可是并非没有趣味。这使我觉到一些假装的,同时又有点味道的,爱恋情味。我们仿佛是由盆中移到地上的花,虽然环境的改变使我们感觉不安,可是我们也正在吸收新的更有力的滋养;我们觉出我们是女子,觉出女子的滋味，而自惜自怜。在这个期间，我们对于电影开始吃进点味儿；看到男女的长吻，我们似乎明白了些意思。

九

到了二三年级，我们不这么老实了。我简直可以这么说，这二年是我的黄金时代。高年级的学生没有我们的胆量大，低年级的有我们在前面挡着也闹不起来；只有我们，既然和高年级的同学学到了许多坏招数，又不像新学生那样怕先生。我们要干什么便干什么。高年级的学生会思索，我们不必思索；我们的脸一红，动作就跟着来了，像一口血似的啐出来。我们粗暴，小气，使人难堪，一天到晚唧唧咕咕，笑不正经笑，哭也不好生哭。我非常好动怒，看谁也不顺眼。我爱作的不就去好好作，我不爱作的就干脆不去作，没有理由，更不屑于解释。这样，我的脾气越大，胆子也越大。我不怕男学生追我了。我与班友们都有了追逐的男学生。而且以此为荣。可是男学生并追不上我们，他们只使我们心跳，使我们彼此有的谈论，使我们成了电影狂。及至有机会真和男人——亲戚或家中的朋友——见面，我反倒吐吐舌头或端端肩膀，说不出什么。更谈不到交际。在事后，我觉得泄气，不成体统，可是没有办法。人是要慢慢长起来的，我现在明白了。但是，无论怎说吧，这是个黄金时代；一天一天胡胡涂涂的过去，完全没有忧虑，像棵傻大的热带的树，常开着花，一年四季是春天。

十

提到我的聪明,哼,我的鼻尖还是向上翻着点;功课呢,虽然不能算是最坏的,可至好也不过将就得个丙等。作小孩的时候,我愿意人家说我聪明;入了中学,特别是在二三年级的时候,我讨厌人家夸奖我。自然我还没完全丢掉争强好胜的心,可是不在功课上;因此,对于先生的夸奖我觉得讨厌;有的同学在功课上处处求好,得到荣誉,我恨这样的人。在我的心里,我还觉得我聪明;我以为我是不屑于表现我的聪明;所以得的分数不高;那能在功课上表现出才力来的不过是多用着点工夫而已,算不了什么。我才不那么傻用工夫,多演几道题,多作一些文章,干什么用呢?我的父母并没仗着我的学问才有饭吃。况且我的美已经是出名的,报纸上常有我的相片,称我为高材生,大家闺秀。用功与否有什么关系呢?我是个风筝,高高的在春云里,大家都仰着头看我,我只须晃动着,在春风里游戏便够了。我的上下左右都是阳光。

十一

可是到了高年级,我不这么野调无腔的了。我好像开始觉到我有了个固定的人格,虽然不似我想象的那么固定,可是我觉得自己稳重了一些,身中仿佛有点沉重的气儿。我想,这一方面是由于我的家庭,一方面是由于我自己的发育,而成的。我的家庭是个有钱而自傲的,不允许我老淘气精似的;我自己呢,从身体上与心灵上都发展着一些精微的,使我自怜的什么东西。我自然的应当自重。因为自重，我甚至于有时候循着身体或精神上的小小病痛，而显出点可怜的病态与娇羞。我好像正在培养着一种美，叫别人可怜我而又得尊敬我的美。我觉出我的尊严，而愿显露出自己的娇弱。其实我的身体很好。因为身体好，所以才想象到那些我所没有的姿态与秀弱。我仿佛要把女性所有的一切动人的情态全吸收到身上来。女子对于美的要求，至少是我这么想，是得到一切，要不然便什么也没有也好。因为这个绝对的要求，我们能把自己的一点美好扩展得像一个美的世界。我们醉心的搜求发现这一点点美所包含的力量与可爱。不用说，这样发现自己，欣赏自己，不知不觉的有个目的，为别人看。在这个时节我对于男人是老设法躲避的。我知道自己的美，而不能轻易给谁，我是有价值的。我非常的自傲，理想很高。影影抄抄的我想到假如我要属于哪个男人，他必是世间罕有的美男子，把我带到天上去。

十二

因为家里有钱，所以我得加倍的自尊自傲。有钱，自然得骄傲；因为钱多而发生的不体面的事，使我得加倍骄傲。我这时候有许多看不上眼的事都发生在家里，我得装出我们是清白的；钱买不来道德，我得装成好人。我家里的人用钱把别人家的女子买来，而希望我给他们转过脸来。别人家的女儿可以糟蹋在他们的手里，他们的女子——我——可得纯洁，给他们争脸面。我父亲，哥哥，都弄来女人，他们的乱七八糟都在我眼里。这个使我轻看他们，也使他们更重看我，他们可以胡闹，我必须贞洁。我是他们的希望。这个，使我清醒了一些，不能像先前那么欢蹦乱跳的了。

十三

可是在清醒之中，我也有时候因身体上的刺激，与心里对父兄的反感，使我想到去浪漫。我凭什么为他们而守身如玉呢？我的脸好看，我的身体美好，我有青春，我应当在个爱人的怀里。我还没想到结婚与别的大问题，我只想把青春放出一点去，像花不自己老包着香味，而是随着风传到远处去。在这么想的时节，我心中的天是蓝得近乎翠绿，我是这蓝绿空中的一片桃红的霞。可是一回到家中，我看到的是黑暗。我不能不承认我是比他们优越，于是我也就更难处置自己。即使我要肉体上的快乐，我也比他们更理想一些。因此，我既不能完全与他们一致，又恨我不能实际的得到什么。我好像是在黄昏中，不像白天也不像黑夜。我失了我自幼所有的阳光。

十四

我很想用功，可是安不下心去。偶尔想到将来，我有点害怕：我会什么呢？假若我有朝一日和家庭闹翻了，我仗着什么活着呢？把自己细细的分析一下，除了美丽，我什么也没有。可是再一想呢，我不会和家中决裂；即使是不可免的，现在也无须那样想。现在呢，我是富家的女儿；将来我总不至于陷在穷苦中吧。我庆幸我的命运,以过去的幸福预测将来的一帆风顺。在我的手里,不会有恶劣的将来,因为目前我有一切的幸福。何必多虑呢,忧虑是软弱的表示。我的前途是征服,正像我自幼便立在阳光里,我的美永远能把阳光吸了来。在这个时候,我听见一点使我不安的消息:家中已给我议婚了。

十五

我才十九岁!结婚,这并没吓住我;因为我老以为我是个足以保护自己的大姑娘。可是及至这好像真事似的要来到头上,我想起我的岁数来,我有点怕了。我不应这么早结婚。即使非结婚不可,也得容我自己去找到理想的英雄;我的同学们哪个不是抱着这样的主张,况且我是她们中最聪明的呢。可是,我也偷偷听到,家中所给提的人家,是很体面的,很有钱,有势力;我又痛快了点。并不是我想随便的被家里把我聘出去,我是觉出我的价值——不论怎说,我要是出嫁,必嫁个阔公子,跟我的兄弟一样。我过惯了舒服的日子,不能嫁个穷汉。我必须继续着在阳光里。这么一想,我想象着我已成了个少奶奶,什么都有,金钱,地位,服饰,仆人,这也许是有趣的。这使我有点害羞,可也另有点味道,一种渺茫而并非不甜美的味道。

十六

这可只是一时的想象。及至我细一想,我决定我不能这么断送了自己；我必须先尝着一点爱的味道。我是个小姐，但是在爱的里面我满可以把"小姐"放在一边。我忽然想自由，而自由必先平等。假如我爱谁，即使他是个叫花子也好。这是个理想；非常的高尚，我觉得。可是，我能不能爱个叫花子呢？不能！先不用提乞丐，就是拿个平常人说吧，一个小官，或一个当教员的，他能养得起我吗？别的我不知道，我知道我不会受苦。我生来是朵花，花不会工作，也不应当工作。花只嫁给富丽的春天。我是朵花，就得有花的香美，我必须穿的华丽，打扮得动人，有随便花用的钱，还有爱。这不是野心，我天生的是这样的人，应当享受。假若有爱而没有别的，我没法想到爱有什么好处。我自幼便精明，这时候更需要精明的思索一番了。我真用心思索了，思索的甚至于有点头疼。

十七

我的不安使我想到动作。我不能像乡下姑娘那样安安顿顿的被人家娶了走。我不能。可是从另一方面想，我似乎应当安顿着。父母这么早给我提婚，大概就是怕我不老实而丢了他们的脸。他们想乘我还全须全尾的送了出去，成全了他们的体面，免去了累赘。为作父母的想，这或者是很不错的办法，但是我不能忍受这个；我自己是个人，自幼儿娇贵；我还是得作点什么，作点惊人的，浪漫的，而又不吃亏的事。说到归齐，我是个"新"女子呀，我有我的价值呀！

十八

机会来了!我去给个同学作伴娘,同时觉得那个伴郎似乎可爱。即使他不可爱,在这么个场面下,也当可爱。看着别人结婚是最受刺激的事:新夫妇,伴郎伴娘,都在一团喜气里,都拿出生命中最像玫瑰的颜色,都在花的香味里。爱,在这种时候,像风似的刮出去刮回来,大家都荡漾着。我觉得我应当落在爱恋里,假如这个场面是在爱的风里。我,说真的,比全场的女子都美丽。设若在这里发生了爱的遇合,而没有我的事,那是个羞辱。全场中的男子就是那个伴郎长的漂亮,我要征服,就得是他。这自然只是环境使我这么想,我还不肯有什么举动;一位小姐到底是小姐。虽然我应当要什么便过去拿来,可是爱情这种事顶好得维持住点小姐的身分。及至他看我了,我可是没了主意。也就不必再想主意,他先看我的,我总算没丢了身分。况且我早就想他应当看我呢。他或者是早就明白了我的心意,而不能不照办;他既是照我的意思办,那就不必再否认自己了。

十九

事过之后,我走路都特别的爽利。我的胸脯向来没这样挺出来过,我不晓得为什么我老要笑;身上轻得像根羽毛似的。在我要笑的时节,我渺茫的看到一片绿海,被春风吹起些小小的浪。我是这绿波上的一只小船,挂着雪白的帆,在阳光下缓缓的飘浮,一直飘到那满是桃花的岛上。我想不到什么更具体的境界与事实，只感到我是在春海上游戏。我倒不十分的想他，他不过是个灵感。我还不会想到他有什么好处，我只觉得我的初次的胜利，我开始能把我的香味送出去，我开始看见一个新的境界，认识了个更大的宇宙，山水花木都由我得到鲜艳的颜色与会笑的小风。我有了力量，四肢有了弹力，我忘了我的聪明与厉害，我温柔得像一团柳絮。我设若不能再见到他，我想我不会惦记着他，可是我将永久忘不下这点快乐，好像头一次春雨那样不易被忘掉。有了这次春雨，一切便有了主张，我会去创造一个顶完美的春天。我的心展开了一条花径，桃花开后还有紫荆呢。

二十

可是，他找我来了。这个破坏了我的梦境，我落在尘土上，像只伤了翅的蝴蝶。我不能不拿出我在地上的手段来了。我不答理他，我有我的身分。我毫不迟疑的拒绝了他。等他羞惭的还勉强笑着走去之后，我低着头慢慢的走，我的心中看清楚我全身的美，甚至我的后影。我是这样的美，我觉得我是立在高处的一个女神刻像，只准人崇拜，不许动手来摸。我有女神的美，也有女神的智慧与尊严。

二十一

过了一会儿，我又盼他再回来了：不是我盼望他，惦记他；他应当回来，好表示出他的虔诚，女神有时候也可以接收凡人的爱，只要他虔诚。果然在不久之后，他又来了。这使我心里软了点。可是我还不能就这么轻易给他什么，我自幼便精明，不能随便任着冲动行事。我必须把他揉搓得像块皮糖；能绕在我的小手指上，我才能给他所要求的百分之一二。爱是一种游戏，可由得我出主意。我真有点爱他了，因为他供给了我作游戏的材料。我总让他闻见我的香味，而这个香味像一层厚雾隔开他与我，我像雾后的一个小太阳，微微的发着光，能把四围射成一圈红晕，但是他觉不到我的热力，也看不清楚我。我非常的高兴，我觉出我青春的老练，像座小春山似的，享受着春的雨露；而稳固不能移动。我自信对男人已有了经验，似乎把我放在什么地方，我也可以有办法。我没有可怕的了，我不再想林黛玉，黛玉那种女子已经死绝了。

二十二

因此我越来越胆大了。我的理想是变成电影中那个红发女郎，多情而厉害，可以叫人握着手，及至他要吻的时候，就抢手给他个嘴巴。我不稀罕他请我看电影，请我吃饭，或送给我点礼物。我自己有钱。我要的是香火，我是女神。自然我有时候也希望一个吻，可是我的爱应当是另一种，一种没有吻的爱，我不是普通的女子。他给我开了爱的端，我只感激他这点；我的脚底下应有一群像他的青年男子；我的脚是多么好看呢！

二十三

家中还进行着我的婚事。我暗中笑他们,一声儿不出。我等着。等到有了定局再说,我会给他们一手儿看看。是的,我得多预备人,万一到和家中闹翻的时候,好挑选一个捉住不放。我在同学中成了顶可羡慕的人,因为我敢和许多男子交际。那些只有一个爱人的同学,时常的哭,把眼哭得桃儿似的。她们只有一个爱人,而且任着他的性儿欺侮,怎能不哭呢。我不哭,因为我有准备。我看不起她们,她们把小姐的身分作丢了。她们管哭哭啼啼叫作爱的甘蔗,我才不吃这样的甘蔗,我和她们说不到一块。她们没有脑子。她们常受男人的骗。回到宿舍哭一整天,她们引不起我的同情,她们该受骗!我在爱的海边游泳,她们闭着眼往里跳。这群可怜的东西。

二十四

中学毕了业,我要求家中允许我入大学。我没心情读书,只为多在外面玩玩,本来吗,洗衣有老妈,作衣裳有裁缝,作饭有厨子,教书有先生,出门有汽车,我学本事干什么呢?我得入学,因为别的女子有入大学的,我不能落后;我还想出洋呢。学校并不给我什么印象,我只记得我的高跟鞋在洋灰路上或地板上的响声,咯噔咯噔的,怪好听。我的宿室顶阔气,床下堆着十来双鞋,我永远不去整理它们,就那么堆着。屋中越乱越显出阔气。我打扮好了出来,像个青蛙从水中跳出,谁也想不到水底下有泥。我的眉须画半点多钟,哪有工夫去收拾屋子呢?赶到下雨的天,鞋上沾了点泥,我才去访那好清洁的同学,把泥留在她的屋里。她们都不敢惹我。入学不久我便被举为学校的皇后。与我长的同样美的都失败了,她们没有脑子,没有手段;我有。在中学交的男朋友全断绝了关系,连那个伴郎。我的身分更高了,我的阅历更多了,我既是皇后,至少得有个皇帝作我的爱人。被我拒绝了的那些男子还有时候给我来信,都说他们常常因想我而落泪;落吧,我有什么法子呢?他们说我狠心,我何尝狠心呢?我有我的身分,理想,与美丽。爱和生命一样,经验越多便越高明,聪明的爱是理智的,多咱爱把心迷住——我由别人的遭遇看出来——便是悲剧。我不能这么办。作了皇后以后,我的新朋友很多很多了。我戏耍他们,嘲弄他们,他们都羊似的驯顺老实。这几乎使我绝望了,我找不到可征服的,他们永远投降,没有一点战斗的心思与力量。谁说男子强硬呢?我还没看见一个。

二十五

我的办法使我自傲,但是和别人的一比较,我又有点嫉妒:我觉得空虚。别的女同学们每每因为恋爱的波折而极伤心的哭泣,或因恋爱的成功而得意,她们有哭有笑,我没有。在一方面呢,我自信比她们高明,在另一方面呢,我又希望我也应表示出点真的感情。可是我表示不出,我只会装假,我的一切举动都被那个"小姐"管束着,我没了自己。说话,我团着舌头;行路,我扭着身儿;笑,只有声音。我作小姐作惯了,凡事都有一定的程式,我找不到自己在哪儿。因此,我也想热烈一点,愚笨一点,也使我能真哭真笑。可是不成功。我没有可哭的事,我有一切我所需要的;我也不会狂喜,我不是三岁的小孩儿能被一件玩艺儿哄得跳着脚儿笑。我看父母,他们的悲喜也多半是假的,只在说话中用几个适当的字表示他们的情感,并不真动感情。有钱,天下已没有可悲的事;欲望容易满足,也就无从狂喜;他们微笑着表示出气度不凡与雍容大雅。可是我自己到底是个青年女郎,似乎至少也应当偶然愚傻一次,我太平淡无奇了。这样,我开始和同学们捣乱了,谁叫她们有哭有笑而我没有呢?我设法引诱她们的"朋友",和她们争斗,希望因失败或成功而使我的感情运动运动。结果,女同学们真恨我了,而我还是觉不到什么重大的刺激。我太聪明了,开通了,一定是这样;可是几时我才能把心打开,觉到一点真的滋味呢?

二十六

我几乎有点着急了,我想我得闭上眼往水里跳一下,不再细细的思索,跳下去再说。哼,到了这个时节,也不知怎么了,男子不上我的套儿了。他们跟我敷衍,不更进一步使我尝着真的滋味,他们怕我。我真急了,我想哭一场;可是无缘无故的怎好哭呢?女同学们的哭都是有理由的。我怎能白白的不为什么而哭呢?况且,我要是真哭起来,恐怕也得不到同情,而只招她们暗笑。我不能丢这个脸。我真想不再读书了,不再和这群破同学们周旋了。

二十七

正在这个期间,家中已给我定了婚。我可真得细细思索一番了。我是个小姐——我开始想——小姐的将来是什么?这么一问我把许多男朋友从心中注销了。这些男朋友都不能维持住我——小姐——所希望的将来。我的将来必须与现在差不多,最好是比现在还好上一些。家中给找的人有这个能力;我的将来,假如我愿嫁他,可很保险的。可是爱呢?这可有点不好办。那群破女同学在许多事上不如我,可是在爱上或者足以向我夸口;我怎能在这一点上输给她们呢?假若她们知道我的婚姻是家中给定的,她们得怎样轻看我呢?这倒真不好办了!既无顶好的办法,我得退一步想了:倘若有个男子,既然可以给我爱,而且对将来的保障也还下得去,虽不能十分满意,我是不是该当下嫁他呢?这把小姐的身分与应有的享受牺牲了些,可是有爱足以抵补;说到归齐,我是位新式小姐呀。是的,可以这么办。可是,这么办,怎样对付家里呢?奋斗,对,奋斗!

二十八

我开始奋斗了,我是何等的强硬呢,强硬得使我自己可怜我自己了。家中的人也很强硬呀,我真没想到他们会能这么样。他们的态度使我怀疑我的身分了,他们一向是怕我的,为什么单在这件事上这么坚决呢?大概他们是并没有把我看在眼里,小事由着我,大事可得他们拿主意。这可使我真动了气。

啊，我明白了点什么，我并不是像我所想的那么贵重。我的太阳没了光，忽然天昏地暗了。

二十九

怎办呢！我既是位小姐，又是个"新"小姐，这太难安排了。我好像被圈在个夹壁墙里了，没法儿转身。身分地位是必要的，爱也是必要的，没有哪样也不行。即使我肯舍去一样，我应当舍去哪个呢？我活了这么大，向来没有着过这样的急。我不能只为我打算，我得为"小姐"打算，我不是平常的女子。抛弃了我的身分，是对不起自己。我得勇敢，可不能装疯卖傻，我不能把自己放在危险的地方。那些男朋友都说爱我，可是哪一个能满足我所应当要的，必得要的呢？他们多数是学生，他们自己也不准知道他们的将来怎样；有一两个怪漂亮的助教也跟我不错，我能不能要个小小的助教？即使他们是教授，教授还不是一群穷酸？我应当，必须，对得起自己，把自己放在最高最美丽的地点。

三十

奋斗了许多日子，我自动的停战了。家中给提的人家到底是合乎我的高尚的自尊的理想。除了欠着一点爱，别的都合适。爱，说回来，值多少钱一斤呢？我爽性不上学了，既怕同学们暗笑我，就躲开她们好了。她们有爱，爱把她们拉到泥塘里去！我才不那么傻。在家里，我很快乐，父母们对我也特别的好。我开始预备嫁衣。作好了,我偷偷的穿上看一看,戴上钻石的戒指与胸珠,确是足以压倒一切!我自傲幸而我机警,能见风转舵,使自己能成为最可羡慕的新娘子,能把一切女人压下去。假若我只为了那点爱,而随便和个穷汉结婚,头上只戴上一束纸花,手指套上个铜圈,头纱在地上抛着一尺多,我怎样活着,羞也羞死了!

三十一

自然我还不能完全忘掉那个无利于实际而怪好听的字——爱。但是没法子再转过这个弯儿来。我只好拿这个当作一种牺牲,我自幼儿还没牺牲过什么,也该挑个没多大用处的东西扔出去了。况且要维持我的"新"还另有办法呢,只要有钱,我的服装,鞋袜,头发的样式,都足以作新女子的领袖。只要有钱,我可以去跳舞,交际,到最文明而热闹的地方去。钱使人有生趣,有身分,有实际的利益。我想象着结婚时的热闹与体面,婚后的娱乐与幸福,我的一生是在阳光下,永远不会有一小片黑云。我甚至于迷信了一些,觉得父母看宪书,择婚日,都是善意的,婚仪虽是新式的,可是择个吉日吉时也并没什么可反对的。他们是尽其所能的使我吉利顺当。我预备了一件红小袄,到婚期好穿在里面:以免身上太素淡了。

三十二

不能不承认我精明,我作对了!我的丈夫是个顶有身分,顶有财产，顶体面，而且顶有道德的人。他很精明，可是不肯自由结婚。他是少年老成，事业是新的，思想是新的，而愿意保守着旧道德。他的婚姻必须经过父母之命，媒妁之言，他要给胡闹的青年们立个好榜样，要挽回整个社会道德的堕落。他是二十世纪的孔孟，我们的结婚相片在各报纸上刊出来，差不多都有一些评论，说我们俩是挽救颓风的一对天使！我在良心上有点害羞了，我曾想过奋斗呢！曾经要求过爱的自由呢！幸而我转变的那么快，不然……

三十三

我的快乐增加了我的美丽，我觉得出全身发散着一种新的香味，我胖了一些，而更灵活，大气，我像一只彩凤！可是我并不专为自己的美丽而欣喜，丈夫的光荣也在我身上反映出去，到处我是最体面最有身分最被羡慕的太太。我随便说什么都有人爱听。在作小姐的时候，我的尊傲没有这么足；小姐是一股清泉，太太是一座开满了桃李的山。山是更稳固的，更大样的，更显明的，更有一定的形式与色彩的。我是一座春山，丈夫是阳光，射到山坡上，我腮上的桃花向阳光发笑，那些阳光是我一个人的。

三十四

可是我也必得说出来。我的快乐是对于我的光荣的欣赏，我像一朵阳光下的花，花知道什么是快乐吗？除了这点光荣，我必得说，我并没有从心里头感到什么可快活的。我的快活都在我见客人的时候，出门的时候，像只挂着帆，顺风而下的轻舟，在晴天碧海的中间儿。赶到我独自坐定的时候，我觉到点空虚，近于悲哀。我只好不常独自坐定，我把帆老挂起来，有阵风儿我便出去。我必须这样，免得万一我有点不满意的念头。我必须使人知道我快乐，好使人家羡慕我。还有呢，我必须谨慎一点，因为我的丈夫是讲道德的人，我不能得罪他而把他给我的光荣糟蹋了。我的光荣与身分值得用心看守着，可是因此我的快活有时候成为会变动的，像忽晴忽阴的天气，冷暖不定。不过，无论怎么说吧，我必须努力向前；后悔是没意思的，我顶好利用着风力把我的一生光美的度过去；我一开首总算已遇到顺风了，往前走就是了。

三十五

以前的事像离我很远了，我没想到能把它们这么快就忘掉。自从结婚那一天我仿佛忽然入了另一个世界，就像在个新地方酣睡似的，猛一睁眼，什么都是新的。及至过了相当时期，我又逐渐的把它们想起来，一个一个的，零散的，像拾起一些散在地上的珠子。赶到我把这些珠子又串起来，它们给我一些形容不出的情感，我不能再把这串珠子挂在项上，拿不出手来了。是的，我的丈夫的道德使我换了一对眼睛，用我这对新眼睛看，我几乎有点后悔从前是那样的狂放了。我纳闷，为什么他——一个社会上的柱石——要娶我呢？难道他不晓得我的行为吗？是，我知道，我的身分家庭足以配得上他，可是他不能不知道在学校里我是个浪漫皇后吧？我不肯问他，不问又难受。我并不怕他，我只是要明白明白。说真的，我不甚明白，他待我很好，可是我不甚明白他。他是个太阳，给我光明，而不使我摸到他。我在人群中，比在他面前更认识他；人们尊敬我，因为他们尊敬他；及至我俩坐在一处，没人提醒我或他的身分，我觉得很渺茫。在报纸上我常见到他的姓名，这个姓名最可爱；坐在他面前，我有时候忘了他是谁。他很客气，有礼貌，每每使我想到他是我的教师或什么保护人，而不是我的丈夫。在这种时节，似有一小片黑云掩住了太阳。

三十六

阳光要是常被掩住，春天也可以很阴惨。久而久之，我的快活的热度低降下来。是的，我得到了光荣，身分，丈夫；丈夫，我怎能只要个丈夫呢？我不是应当要个男子么？一个男子，哪怕是个顶粗莽的，打我骂我的男子呢，能把我压碎了，吻死的男子呢！我的丈夫只是个丈夫，他衣冠齐楚，谈吐风雅，是个最体面的杨四郎，或任何戏台上的穿绣袍的角色。他的行止言谈都是戏文儿。我这是一辈子的事呀！可是我不能马上改变态度，"太太"的地位是不好意思随便扔弃了的。不扔弃了吧，我又觉得空虚，生命是多么不易安排的东西呢！当我回到母家，大家是那么恭维我，我简直张不开口说什么。他们为我骄傲，我不能鼻一把泪一把像个受气的媳妇诉委屈，自己泄气。在娘家的时候我是小姐，现在我是姑奶奶，作小姐的时候我厉害，作姑奶奶的更得撑起架子。我母亲待我像个客人，我张不开口说什么。在我丈夫的家里呢，我更不能向谁说什么，我不能和女仆们谈心，我是太太。我什么也别说了，说出去只招人笑话；我的苦处须自己负着。是呀，我满可以冒险去把爱找到，但是我怎么对我母家与我的丈夫呢？我并不为他们生活着，可是我所有的光荣是他们给我的，因为他们给我光荣，我当初才服从他们，现在再反悔似乎不大合适吧？只有一条路给我留着呢，好好的作太太，不要想别的了。这是永远有阳光的一条路。

三十七

人到底是肉作的。我年轻，我美，我闲在；我应当把自己放在血肉的浓艳的香腻的旋风里，不能呆呆对着镜子，看着自己消灭在冰天雪地里。我应当从各方面丰富自己，我不是个尼姑。这么一想我管不了许多了。况且我若是能小心一点呢——我是有聪明的——或者一切都能得到，而出不了毛病。丈夫给我支持着身分，我自己再找到他所不能给我的，我便是个十全的女子了，这一辈子总算值得！小姐，太太，浪漫，享受，都是我的，都应当是我的；我不再迟疑了，再迟疑便对不起自己。我不害怕，我这是种冒险，牺牲；我怕什么呢？即使出了毛病，也是我吃亏，把我的身分降低，与父母丈夫都无关。自然，我不甘心丢失了身分，但是事情还没作，怎见得结果必定是坏的呢？精明而至于过虑便是愚蠢。饥鹰是不择食的。

三十八

我的海上又飘着花瓣了,点点星星暗示着远地的春光。像一只早春的蝴蝶,我顾盼着,寻求着,一些渺茫而又确定的花朵。这使我又想到作学生的时候的自由,愿意重述那种种小风流勾当。可是这次我更热烈一些,我已经在别方面成功,只缺这一样完成我的幸福。这必须得到,不准再落个空。我明白了点肉体需要什么,希望大量的增加,把一朵花完全打开,即使是个雹子也好,假如不能再细腻温柔一些,一朵花在暗中谢了是最可怜的。同时呢,我的身分也使我这次的寻求异于往日的,我须找到个地位比我的丈夫还高的,要快活便得登峰造极,我的爱须在水晶的宫殿里,花儿都是珊瑚。私事儿要作得最光荣,因为我不是平常人。

三十九

我预料着这不是什么难事,果然不是什么难事,我有眼光。一个粗莽的,俊美的,像团炸药样的贵人,被我捉住。他要我的一切,他要把我炸碎而后再收拾好,以便重新炸碎。我所缺乏的,一次就全补上了;可是我还需要第二次。我真哭真笑了,他野得像只老虎,使我不能安静。我必须全身颤动着,不论是跟他玩耍,还是与他争闹,我有时候完全把自己忘掉,完全焚烧在烈火里,然后我清醒过来,回味着创痛的甜美,像老兵谈战那样。他能一下子把我掷在天外,一下子又拉回我来贴着他的身。我晕在爱里,迷忽的在生命与死亡之间,梦似的看见全世界都是红花。我这才明白了什么是爱，爱是肉体的，野蛮的，力的，生死之间的。

四十

这个实在的，可捉摸的爱，使我甚至于敢公开的向我的丈夫挑战了。我知道他的眼睛是尖的，我不怕，在他鼻子底下漂漂亮亮的走出去，去会我的爱人。我感谢他给我的身分，可是我不能不自己找到他所不能给的。我希望点吵闹，把生命更弄得火炽一些；我确是快乐得有点发疯了。奇怪，奇怪，他一声也不出。他仿佛暗示给我——"你作对了！"多么奇怪呢！他是讲道德的人呀！他这个办法减少了好多我的热烈；不吵不闹是多么没趣味呢！不久我就明白了，他升了官，那个贵人的力量。我明白了，他有道德，而缺乏最高的地位，正像我有身分而缺乏恋爱。因为我对自己的充实，而同时也充实了他，他不便言语。我的心反倒凉了，我没希望这个，简直没想到过这个。啊，我明白了，怨不得他这么有道德而娶我这个"皇后"呢，他早就有计划！我软倒在地上，这个真伤了我的心，我原来是个傀儡。我想脱身也不行了，我本打算偷偷的玩一会儿，敢情我得长期的伺候两个男子了。是呀，假如我愿意，我多有些男朋友岂不是可喜的事。我可不能听从别人的指挥。不能像妓女似的那么干，丈夫应当养着妻子，使妻子快乐；不应当利用妻子获得利禄——这不成体统，不是官派儿！

四十一

我可是想不出好办法来。设若我去质问丈夫,他满可以说:"我待你不错,你也得帮助我。"再急了,他简直可以说:"干吗当初嫁给我呢?"我辩论不过他。我断绝了那个贵人吧,也不行,贵人是我所喜爱的,我不能因要和丈夫赌气而把我的快乐打断。况且我即使冷淡了他,他很可以找上前来,向我索要他对我丈夫的恩惠的报酬。我已落在陷坑里了。我只好闭着眼混吧。好在呢,我的身分在外表上还是那么高贵,身体上呢,也得到满意的娱乐,算了吧。我只是不满意我的丈夫,他太小看我,把我当作个礼物送出去,我可是想不出办法惩治他。这点不满意,继而一想,可也许能给我更大的自由。我这么想了:他既是仗着我满足他的志愿,而我又没向他反抗,大概他也得明白以后我的行动是自由的了,他不能再管束我。这无论怎说,是公平的吧。好了,我没法惩治他,也不便惩治他了,我自由行动就是了。焉知我自由行动的结果不叫他再高升一步呢!我笑了,这倒是个办法,我又在晴美的阳光中生活着了。

四十二

没看见过榕树,可是见过榕树的图。若是那个图是正确的,我想我现在就是株榕树,每一个枝儿都能生根,变成另一株树,而不和老本完全分离开。我是位太太,可是我有许多的枝干,在别处生了根,我自己成了个爱之林。我的丈夫有时候到外面去演讲，提倡道德，我也坐在台上；他讲他的道德，我想我的计划。我觉得这非常的有趣。社会上都知道我的浪漫，可是这并不妨碍他们管我的丈夫叫作道德家。他们尊敬我的丈夫，同时也羡慕我，只要有身分与金钱，干什么也是好的；世界上没有什么对不对，我看出来了。

四十三

要是老这么下去，我想倒不错。可是事实老不和理想一致，好像不许人有理想似的。这使我恨这个世界，这个不许我有理想的世界。我的丈夫娶了姨太太。一个讲道德的人可以娶姨太太，嫖窑子；只要不自由恋爱与离婚就不违犯道德律。我早看明白了这个，所以并不因为这点事恨他。我所不放心的是我觉到一阵风，这阵风不好。我觉到我是往下坡路走了。怎么说呢，我想他绝不是为娶小而娶小，他必定另有作用。我已不是他升官发财的唯一工具了。他找来个生力军。假如这个女的能替他谋到更高的差事，我算完了事，我没法跟他吵，他办的名正言顺，娶妾是最正当不过的事。设若我跟他闹，他满可以翻脸无情，剥夺我的自由，他既是已不完全仗着我了。我自幼就想征服世界，啊，我的力量不过如是而已！我看得很清楚，所以不必去招瘪子吃；我不管他，他也别管我，这是顶好的办法。家里坐不住，我出去消遣好了。

四十四

哼,我不能不信命运。在外边,我也碰了;我最爱的那个贵人不见我了,他另找到了爱人。这比我的丈夫娶妾给我的打击还大。我原来连一个男人也抓不住呀!这几年我相信我和男子要什么都能得到,我是顶聪明的女子。身分,地位,爱情,金钱,享受,都是我的;啊,现在,现在,这些都顺着手缝往下溜呢!我是老了么?不,我相信我还是很漂亮;服装打扮我也还是时尚的领导者。那么,是我的手段不够?不能呀,设若我的手段不高明,以前怎能有那样的成功呢?我的运气!太阳也有被黑云遮住的时候呀。是,我不要灰心,我将慢慢熬着,把这一步恶运走过去再讲。我不承认失败;只要我不慌,我的心老清楚,自会有办法。

四十五

但是,我到底还是作下了最愚蠢的事!在我独自思索的时候,我大概是动了点气。我想到了一篇电影:一个贵家的女郎,经过多少情海的风波,最后嫁了个乡村的平民,而得到顶高的快乐。村外有些小山,山上满是羽样的树叶,随风摆动。他们的小家庭面着山,门外有架蔓玫瑰,她在玫瑰架下作活,身旁坐着个长毛白猫,头儿随着她的手来回的动。他在山前耕作,她有时候放下手中的针线,立起来看看他。他工作回来,她已给预备好顶简单而清净的饭食,猫儿坐在桌上希冀着一点牛奶或肉屑。他们不多说话,可是眼神表现着深情……我忽然想到这个故事，而且借着气劲而想我自己也可以抛弃这一切劳心的事儿，华丽的衣服，而到那个山村去过那简单而甜美的生活。我明知这只是个无聊的故事，可是在生气的时候我信以为真有其事了。我想，只要我能遇到那个多情的少年，我一定不顾一切的跟了他去。这个，使我从记忆中掘出许多旧日的朋友来：他们都干什么呢？我甚至于想起那第一个爱人，那个伴郎，他作什么了？这些人好像已离开许多许多年了，当我想起他们来，他们都有极新鲜的面貌，像一群小孩，像春后的花草，我不由的想再见着他们，他们必至少能打开我的寂寞与悲哀，必能给生命一个新的转变。我想他们，好像想起幼年所喜吃的一件食物，如若能得到它，我必定能把青春再唤回来一些。想到这儿，我没再思索一下，便出去找他们了，即使找不到他们，找个与他们相似的也行；我要尝尝生命的另一方面，可以说是生命的素淡方面吧，我已吃腻了山珍海味。

四十六

我找到一个旧日的同学，虽然不是乡村的少年，可已经合乎我的理想了。他有个入钱不多的职业，他温柔，和蔼，亲热，绝不像我日常所接触的男人。他领我入了另一世界，像是厌恶了跳舞场，而逛一回植物园那样新鲜有趣。他很小心，不敢和我太亲热了；同时我看出来，他也有点得意，好像穷人拾着一两块钱似的。我呢，也不愿太和他亲近了，只是拿他当一碟儿素菜，换换口味。可是，呕，我的愚蠢！这被我的丈夫看见了！他拿出我以为他绝不会的厉害来。我给他丢了脸，他说!我明白他的意思:我们阔人尽管乱七八糟,可是得有个范围;同等的人彼此可以交往,这个圈必得划清楚了!我犯了不可赦的罪过。

四十七

我失去了自由。遇到必须出头的时候,他把我带出去;用不着我的时候,他把我关在屋里。在大众面前,我还是太太;没人看着的时节,我是个囚犯。我开始学会了哭,以前没想到过我也会有哭的机会。可是哭有什么用呢!我得想主意。主意多了,最好的似乎是逃跑:放下一切,到村间或小城市去享受,像那个电影中玫瑰架下的女郎。可是,再一想,我怎能到那里去享受呢?我什么也不会呀!没有仆人,我连饭也吃不上;叫我逃跑,我也跑不了啊!

四十八

有了,离婚!离婚,和他要供给,那就没有可怕的了。脱离了他,而手中有钱,我的将来完全在自己的手中,爱怎着便可以怎着。想到这里,我马上办起来。看守我的仆人受了贿赂,给我找来律师。呕,我的胡涂!状子递上去了,报纸上宣扬起来,我的丈夫登时从最高的地方堕下来。他是提倡旧道德的人呀,我怎会忘了呢?离婚;呕!别的都不能打倒他,只有离婚!只有离婚!他所认识的贵人们,马上变了态度,不认识了他,也不认识了我。和我有过关系的人,一点也不责备我与他们的关系,现在恨起我来,我什么不可以作,单单必得离婚呢?我的母家与我断绝了关系。官司没有打,我的丈夫变成了个平民,官司也无须再打了,我丢了一切。假如我没有这一个举动,失了自由,而到底失不了身分啊,现在我什么也没有了。

四十九

事情还不止于此呢。我的丈夫倒下来,墙倒人推,大家开始控告他的劣迹了。贵人们看着他冷笑,没人来帮忙。我们的财产,到诉讼完结以后,已剩了不多。我还是不到三十岁的人哪,后半辈子怎么过呢?太阳不会再照着我了!我这样聪明,这样努力,结果竟会是这样,谁能相信呢!谁能想到呢!坐定了,我如同看着另一个人的样子,把我自己简略的,从实的,客观的,描写下来。有志的女郎们呀,看了我,你将知道怎样维持住你的身分,你宁可失了自由,也别弃掉你的身分。自由不会给你饭吃,控告了你的丈夫便是拆了你的粮库!我的将来只有回想过去的光荣,我失去了明天的阳光!

月牙儿

老 舍

一

是的,我又看见月牙儿了,带着点寒气的一钩儿浅金。多少次了,我看见跟现在这个月牙儿一样的月牙儿;多少次了。它带着种种不同的感情,种种不同的景物,当我坐定了看它,它一次一次的在我记忆中的碧云上斜挂着。它唤醒了我的记忆,像一阵晚风吹破一朵欲睡的花。

二

那第一次,带着寒气的月牙儿确是带着寒气。它第一次在我的云中是酸苦,它那一点点微弱的浅金光儿照着我的泪。那时候我也不过是七岁吧,一个穿着短红棉袄的小姑娘。戴着妈妈给我缝的一顶小帽儿,蓝布的,上面印着小小的花,我记得。我倚着那间小屋的门垛,看着月牙儿。屋里是药味,烟味,妈妈的眼泪,爸爸的病;我独自在台阶上看着月牙,没人招呼我,没人顾得给我作晚饭。我晓得屋里的惨凄,因为大家说爸爸的病……可是我更感觉自己的悲惨,我冷,饿,没人理我。一直的我立到月牙儿落下去。什么也没有了,我不能不哭。可是我的哭声被妈妈的压下去;爸,不出声了,面上蒙了块白布。我要掀开白布,再看看爸,可是我不敢。屋里只是那么点点地方,都被爸占了去。妈妈穿上白衣,我的红袄上也罩了个没缝襟边的白袍,我记得,因为不断地撕扯襟边上的白丝儿。大家都很忙,嚷嚷的声儿很高,哭得很恸,可是事情并不多,也似乎值不得嚷:爸爸就装入那么一个四块薄板的棺材里,到处都是缝子。然后,五六个人把他抬了走。妈和我在后边哭。我记得爸,记得爸的木匣。那个木匣结束了爸的一切:每逢我想起爸来,我就想到非打开那个木匣不能见着他。但是,那木匣是深深地埋在地里,我明知在城外哪个地方埋着它,可又像落在地上的一个雨点,似乎永难找到。

三

妈和我还穿着白袍,我又看见了月牙儿。那是个冷天,妈妈带我出城去看爸的坟。妈拿着很薄很薄的一罗儿纸。妈那天对我特别的好,我走不动便背我一程,到城门上还给我买了一些炒栗子。什么都是凉的,只有这些栗子是热的;我舍不得吃，用它们热我的手。走了多远，我记不清了，总该是很远很远吧。在爸出殡的那天，我似乎没觉得这么远，或者是因为那天人多；这次只是我们娘儿俩，妈不说话，我也懒得出声，什么都是静寂的；那些黄土路静寂得没有头儿。天是短的，我记得那个坟：小小的一堆儿土，远处有一些高土岗儿，太阳在黄土岗儿上头斜着。妈妈似乎顾不得我了，把我放在一旁，抱着坟头儿去哭。我坐在坟头的旁边，弄着手里那几个栗子。妈哭了一阵，把那点纸焚化了，一些纸灰在我眼前卷成一两个旋儿，而后懒懒地落在地上；风很小，可是很够冷的。妈妈又哭起来。我也想爸，可是我不想哭他；我倒是为妈妈哭得可怜而也落了泪。过去拉住妈妈的手："妈不哭！不哭！"妈妈哭得更恸了。她把我搂在怀里。眼看太阳就落下去，四外没有一个人，只有我们娘儿俩。妈似乎也有点怕了，含着泪，扯起我就走，走出老远，她回头看了看，我也转过身去：爸的坟已经辨不清了；土岗的这边都是坟头，一小堆一小堆，一直摆到土岗底下。妈妈叹了口气。我们紧走慢走，还没有走到城门，我看见了月牙儿。四外漆黑，没有声音，只有月牙儿放出一道儿冷光。我乏了，妈妈抱起我来。怎样进的城，我就不知道了，只记得迷迷糊糊的天上有个月牙儿。

四

刚八岁，我已经学会了去当东西。我知道，若是当不来钱，我们娘儿俩就不要吃晚饭；因为妈妈但分有点主意，也不肯叫我去。我准知道她每逢交给我个小包，锅里必是连一点粥底儿也看不见了。我们的锅有时干净得像个体面的寡妇。这一天,我拿的是一面镜子。只有这件东西似乎是不必要的,虽然妈妈天天得用它。这是个春天,我们的棉衣都刚脱下来就入了当铺。我拿着这面镜子,我知道怎样小心,小心而且要走得快,当铺是老早就上门的。我怕当铺的那个大红门,那个大高长柜台。一看见那个门,我就心跳。可是我必须进去,似乎是爬进去,那个高门坎儿是那么高。我得用尽了力量,递上我的东西,还得喊:"当当!"得了钱和当票,我知道怎样小心的拿着,快快回家,晓得妈妈不放心。可是这一次,当铺不要这面镜子,告诉我再添一号来。我懂得什么叫"一号"。把镜子搂在胸前,我拼命的往家跑。妈妈哭了;她找不到第二件东西。我在那间小屋住惯了,总以为东西不少;及至帮着妈妈一找可当的衣物,我的小心里才明白过来,我们的东西很少,很少。妈妈不叫我去了。可是:"妈妈咱们吃什么呢?"妈妈哭着递给我她头上的银簪——只有这一件东西是银的。我知道,她拔下过来几回,都没肯交给我去当。这是妈妈出门子时,姥姥家给的一件首饰。现在,她把这末一件银器给了我,叫我把镜子放下。我尽了我的力量赶回当铺,那可怕的大门已经严严地关好了。我坐在那门墩上,握着那根银簪。不敢高声地哭,我看着天,啊,又是月牙儿照着我的眼泪!哭了好久,妈妈在黑影中来了,她拉住了我的手,呕,多么热的手,我忘了一切的苦处,连饿也忘了,只要有妈妈这只热手拉着我就好。我抽抽搭搭地说:"妈!咱们回家睡觉吧。明儿早上再来!"妈一声没出。又走了一会儿:"妈!你看这个月牙;爸死的那天,它就是这么歪歪着。为什么她老这么斜着呢?"妈还是一声没出,她的手有点颤。

五

妈妈整天地给人家洗衣裳。我老想帮助妈妈,可是插不上手。我只好等着妈妈,非到她完了事,我不去睡。有时月牙儿已经上来,她还哼哧哼哧地洗。那些臭袜子,硬牛皮似的,都是铺子里的伙计们送来的。妈妈洗完这些"牛皮"就吃不下饭去。我坐在她旁边,看着月牙,蝙蝠专会在那条光儿底下穿过来穿过去,像银线上穿着个大菱角,极快的又掉到暗处去,我越可怜妈妈,便越爱这个月牙,因为看着它,使我心中痛快一点。它在夏天更可爱,它老有那么点凉气,像一条冰似的。我爱它给地上的那点小影子,一会儿就没了;迷迷糊糊的不甚清楚,及至影子没了,地上就特别的黑,星也特别的亮,花也特别的香——我们的邻居有许多花木,那棵高高的洋槐总把花儿落到我们这边来,像一层雪似的。

六

妈妈的手起了层鳞,叫她给搓搓背顶解痒痒了。可是我不敢常劳动她,她的手是洗粗了的。她瘦,被臭袜子熏的常不吃饭。我知道妈妈要想主意了,我知道。她常把衣裳推到一边,愣着。她和自己说话。她想什么主意呢?我可是猜不着。

七

妈妈嘱咐我不叫我别扭,要乖乖地叫"爸":她又给我找到一个爸。这是另一个爸,我知道,因为坟里已经埋好一个爸了。妈嘱咐我的时候,眼睛看着别处。她含着泪说:"不能叫你饿死!"呕,是因为不饿死我,妈才另给我找了个爸!我不明白多少事,我有点怕,又有点希望——果然不再挨饿的话。多么凑巧呢,离开我们那间小屋的时候,天上又挂着月牙。这次的月牙比哪一回都清楚,都可怕;我是要离开这住惯了的小屋了。妈坐了一乘红轿,前面还有几个鼓手,吹打得一点也不好听。轿在前边走,我和一个男人在后边跟着,他拉着我的手。那可怕的月牙放着一点光,仿佛在凉风里颤动。街上没有什么人,只有些野狗追着鼓手们咬;轿子走得很快。上哪去呢?是不是把妈抬到城外去,抬到坟地去?那个男人扯着我走,我喘不过气来,要哭都哭不出来。那男人的手心出了汗,凉得像个鱼似的,我要喊"妈",可是不敢。一会儿,月牙像个要闭上的一道大眼缝,轿子进了个小巷。

八

我在三四年里似乎没再看见月牙。新爸对我们很好,他有两间屋子,他和妈住在里间,我在外间睡铺板。我起初还想跟妈妈睡,可是几天之后,我反倒爱"我的"小屋了。屋里有白白的墙,还有条长桌,一把椅子。这似乎都是我的。我的被子也比从前的厚实暖和了。妈妈也渐渐胖了点,脸上有了红色，手上的那层鳞也慢慢掉净。我好久没去当当了。新爸叫我去上学。有时候他还跟我玩一会儿。我不知道为什么不爱叫他"爸"，虽然我知道他很可爱。他似乎也知道这个，他常常对我那么一笑；笑的时候他有很好看的眼睛。可是妈妈偷告诉我叫爸，我也不愿十分的别扭。我心中明白，妈和我现在是有吃有喝的，都因为有这个爸，我明白。是的，在这三四年里我想不起曾经看见过月牙儿；也许是看见过而不大记得了。爸死时那个月牙，妈轿子前面那个月牙，我永远忘不了。那一点点光，那一点寒气，老在我心中，比什么都亮，都清凉，像块玉似的，有时候想起来仿佛能用手摸到似的。

九

我很爱上学。我老觉得学校里有不少的花，其实并没有；只是一想起学校就想到花罢了，正像一想起爸的坟就想起城外的月牙儿——在野外的小风里歪歪着。妈妈是很爱花的，虽然买不起，可是有人送给她一朵，她就顶喜欢地戴在头上。我有机会便给她折一两朵来；戴上朵鲜花，妈的后影还很年轻似的。妈喜欢，我也喜欢。在学校里我也很喜欢。也许因为这个，我想起学校便想起花来？

十

当我要在小学毕业那年，妈又叫我去当当了。我不知道为什么新爸忽然走了。他上了哪儿，妈似乎也不晓得。妈妈还叫我上学,她想爸不久就会回来的。他许多日子没回来,连封信也没有。我想妈又该洗臭袜子了,这使我极难受。可是妈妈并没这么打算。她还打扮着,还爱戴花;奇怪!她不落泪,反倒好笑;为什么呢?我不明白!好几次,我下学来,看她在门口儿立着。又隔了不久,我在路上走,有人"嗨"我了:"嗨!给你妈捎个信儿去!""嗨!你卖不卖呀?小嫩的!"我的脸红得冒出火来,把头低得无可再低。我明白,只是没办法。我不能问妈妈,不能。她对我很好,而且有时候极郑重地说我:"念书!念书!"妈是不识字的,为什么这样催我念书呢?我疑心;又常由疑心而想到妈是为我才作那样的事。妈是没有更好的办法。疑心的时候,我恨不能骂妈妈一顿。再一想,我要抱住她,央告她不要再作那个事。我恨自己不能帮助妈妈。所以我也想到:我在小学毕业后又有什么用呢?我和同学们打听过了,有的告诉我,去年毕业的有好几个作姨太太的。有的告诉我,谁当了暗门子。我不大懂这些事,可是由她们的说法,我猜到这不是好事。她们似乎什么都知道,也爱偷偷地谈论她们明知是不正当的事——这些事叫她们的脸红红的而显出得意。我更疑心妈妈了,是不是等我毕业好去作……这么一想,有时候我不敢回家,我怕见妈妈。妈妈有时候给我点心钱,我不肯花,饿着肚子去上体操,常常要晕过去。看着别人吃点心,多么香甜呢!可是我得省着钱,万一妈妈叫我去……我可以跑,假如我手中有钱。我最阔的时候,手中有一毛多钱!在这些时候,即使在白天,我也有时望一望天上,找我的月牙儿呢。我心中的苦处假若可以用个形状比喻起来,必是个月牙儿形的。它无倚无靠的在灰蓝的天上挂着,光儿微弱,不大会儿便被黑暗包住。

十一

叫我最难过的是我慢慢地学会了恨妈妈。可是每当我恨她的时候，我不知不觉地便想起她背着我上坟的光景。想到了这个，我不能恨她了。我又非恨她不可。我的心像——还是像那个月牙儿，只能亮那么一会儿，而黑暗是无限的。妈妈的屋里常有男人来了，她不再躲避着我。他们的眼像狗似的看着我，舌头吐着，垂着涎。我在他们的眼中是更解馋的，我看出来。在很短的期间，我忽然明白了许多的事。我知道我得保护自己，我觉出我身上好像有什么可贵的地方，我闻得出我已有一种什么味道，使我自己害羞，多感。我身上有了些力量，可以保护自己，也可以毁了自己。我有时很硬气，有时候很软。我不知怎样好。我愿爱妈妈，这时候我有好些必要问妈妈的事，需要妈妈的安慰；可是正在这个时候，我得躲着她，我得恨她；要不然我自己便不存在了。当我睡不着的时节，我很冷静地思索，妈妈是可原谅的。她得顾我们俩的嘴。可是这个又使我要拒绝再吃她给我的饭菜。我的心就这么忽冷忽热，像冬天的风，休息一会儿，刮得更要猛；我静候着我的怒气冲来，没法儿止住。

十二

事情不容我想好方法就变得更坏了。妈妈问我："怎样?"假若我真爱她呢,妈妈说,我应该帮助她。不然呢,她不能再管我了。这不像妈妈能说得出的话,但是她确是这么说了。她说得很清楚:"我已经快老了,再过二年,想白叫人要也没人要了!"这是对的,妈妈近来擦许多的粉,脸上还露出褶子来。她要再走一步,去专伺候一个男人。她的精神来不及伺候许多男人了。为她自己想,这时候能有人要她——是个馒头铺掌柜的愿要她——她该马上就走。可是我已经是个大姑娘了,不像小时候那样容易跟在妈妈轿后走过去了。我得打主意安置自己。假若我愿意"帮助"妈妈呢,她可以不再走这一步,而由我代替她挣钱。代她挣钱,我真愿意;可是那个挣钱方法叫我哆嗦。我知道什么呢,叫我像个半老的妇人那样去挣钱?!妈妈的心是狠的,可是钱更狠。妈妈不逼着我走哪条路,她叫我自己挑选——帮助她,或是我们娘儿俩各走各的。妈妈的眼没有泪,早就干了。我怎么办呢?

十三

我对校长说了。校长是个四十多岁的妇人,胖胖的,不很精明,可是心热。我是真没了主意,要不然我怎会开口述说妈妈的……我并没和校长亲近过。当我对她说的时候,每个字都像烧红了的煤球烫着我的喉,我哑了,半天才能吐出一个字。校长愿意帮助我。她不能给我钱,只能供给我两顿饭和住处——就住在学校和个老女仆作伴儿。她叫我帮助文书写写字,可是不必马上就这么办,因为我的字还需要练习。两顿饭,一个住处,解决了天大的问题。我可以不连累妈妈了。妈妈这回连轿也没坐，只坐了辆洋车，摸着黑走了。我的铺盖，她给了我。临走的时候，妈妈挣扎着不哭，可是心底下的泪到底翻上来了。她知道我不能再找她去，她的亲女儿。我呢，我连哭都忘了怎么哭了，我只咧着嘴抽搭，泪蒙住了我的脸。我是她的女儿、朋友、安慰。但是我帮助不了她，除非我得作那种我决不肯作的事。在事后一想，我们娘儿俩就像两个没人管的狗，为我们的嘴，我们得受着一切的苦处，好像我们身上没有别的，只有一张嘴。为这张嘴，我们得把其余一切的东西都卖了。我不恨妈妈了，我明白了。不是妈妈的毛病，也不是不该长那张嘴，是粮食的毛病，凭什么没有我们的吃食呢？这个别离，把过去一切的苦楚都压过去了。那最明白我的眼泪怎流的月牙这回没出来，这回只有黑暗，连点萤火的光也没有。妈妈就在暗中像个活鬼似的走了，连个影子也没有。即使她马上死了，恐怕也不会和爸埋在一处了，我连她将来的坟在哪里都不会知道。我只有这么个妈妈，朋友。我的世界里剩下我自己。

十四

妈妈永不能相见了，爱死在我心里，像被霜打了的春花。我用心地练字，为是能帮助校长抄抄写写些不要紧的东西。我必须有用，我是吃着别人的饭，我不像那些女同学，她们一天到晚在意别人，别人吃了什么，穿了什么，说了什么；我老注意我自己，我的影子是我的朋友。"我"老在我的心上，因为没人爱我。我爱我自己，可怜我自己，鼓励我自己，责备我自己；我知道我自己，仿佛我是另一个人似的。我身上有一点变化都使我害怕，使我欢喜，使我莫名其妙。我在我自己手中拿着，像捧着一朵娇嫩的花。我只能顾目前，没有将来，也不敢深想。嚼着人家的饭，我知道那是晌午或晚上了，要不然我简直想不起时间来；没有希望，就没有时间。我好像钉在个没有日月的地方。想起妈妈，我晓得我曾经活了十几年。对将来，我不像同学们那样盼望放假，过节，过年；假期，节，年，跟我有什么关系呢？可是我的身体是往大了长呢，我觉得出。觉出我又长大了一些，我更渺茫，我不放心我自己。我越往大了长，我越觉得自己好看，这是一点安慰：美使我抬高了自己的身分。可是我根本没身分，安慰是先甜后苦的，苦到末了又使我自傲。穷，可是好看呢！这又使我怕：妈妈也是不难看的。

十五

我又老没看月牙了，不敢去看，虽然想看。我已毕了业，还在学校里住着。晚上，学校里只有两个老仆人，一男一女。他们不知怎样对待我好，我既不是学生，也不是先生，又不是仆人，可有点像仆人。晚上，我一个人在院中走，常被月牙给赶进屋来，我没有胆子去看它。可是在屋里，我会想象它是什么样，特别是在有点小风的时候。微风仿佛会给那点微光吹到我的心上来，使我想起过去，更加重了眼前的悲哀。我的心就好像在月光下的蝙蝠，虽然是在光的下面，可是自己是黑的；黑的东西，即使会飞，也还是黑的，我没有希望。我可是不哭，我只常皱着眉。

十六

　　我有了点进款：给学生织些东西，她们给我点工钱。校长允许我这么办。可是进不了许多，因为她们也会织。不过她们自己急于要用，而赶不来，或是给家中人打双手套或袜子，才来照顾我。虽然是这样，我的心似乎活了一点，我甚至想到：假若妈妈不走那一步，我是可以养活她的。一数我那点钱，我就知道这是梦想，可是这么想使我舒服一点。我很想看看妈妈。假若她看见我，她必能跟我来，我们能有方法活着，我想——可是不十分相信。我想妈妈，她常到我的梦中来。有一天，我跟着学生们去到城外旅行，回来的时候已经是下午四点多了。为是快点回来，我们抄了个小道。我看见了妈妈！在个小胡同里有一家卖馒头的，门口放着个元宝筐，筐上插着个顶大的白木头馒头。顺着墙坐着妈妈，身儿一仰一弯地拉风箱呢。从老远我就看见了那个大木馒头与妈妈，我认识她的后影。我要过去抱住她。可是我不敢，我怕学生们笑话我，她们不许我有这样的妈妈。越走越近了，我的头低下去，从泪中看了她一眼，她没看见我。我们一群人擦着她的身子走过去，她好像是什么也没看见，专心地拉她的风箱。走出老远，我回头看了看，她还在那儿拉呢。我看不清她的脸，只看到她的头发在额上披散着点。我记住这个小胡同的名儿。

十七

　　像有个小虫在心中咬我似的，我想去看妈妈，非看见她我心中不能安静。正在这个时候，学校换了校长。胖校长告诉我得打主意，她在这儿一天便有我一天的饭食与住处，可是她不能保险新校长也这么办。我数了数我的钱，一共是两块七毛零几个铜子。这几个钱不会叫我在最近的几天中挨饿，可是我上哪儿呢？我不敢坐在那儿呆呆地发愁，我得想主意。找妈妈去是第一个念头。可是她能收留我吗？假若她不能收留我，而我找了她去，即使不能引起她与那个卖馒头的吵闹，她也必定很难过。我得为她想，她是我的妈妈，又不是我的妈妈，我们母女之间隔着一层用穷作成的障碍。想来想去，我不肯找她去了。我应当自己担着自己的苦处。可是怎么扭着自己的苦处呢？我想不起。我觉得世界很小，没有安置我与我的小铺盖卷的地方。我还不如一条狗，狗有个地方便可以躺下睡；街上不准我躺着。是的，我是人，人可以不如狗。假若我扯着脸不走，焉知新校长不往外撵我呢？我不能等着人家往外推。这是个春天。我只看见花儿开了；叶儿绿了，而觉不到一点暖气。红的花只是红的花，绿的叶只是绿的叶，我看见些不同的颜色，只是一点颜色；这些颜色没有任何意义，春在我的心中是个凉的死的东西。我不肯哭，可是泪自己往下流。

十八

我出去找事了。不找妈妈，不依赖任何人，我要自己挣饭吃。走了整整两天，抱着希望出去，带着尘土与眼泪回来。没有事情给我作。我这才真明白了妈妈，真原谅了妈妈。妈妈还洗过臭袜子，我连这个都作不上。妈妈所走的路是唯一的。学校里教给我的本事与道德都是笑话，都是吃饱了没事时的玩艺。同学们不准我有那样的妈妈，她们笑话暗门子；是的，她们得这样看，她们有饭吃。我差不多要决定了：只要有人给我饭吃，什么我也肯干；妈妈是可佩服的。我才不去死，虽然想到过；不，我要活着。我年轻，我好看，我要活着。羞耻不是我造出来的。

十九

这么一想，我好像已经找到了事似的。我敢在院中走了，一个春天的月牙在天上挂着。我看出它的美来。天是暗蓝的，没有一点云。那个月牙清亮而温柔，把一些软光儿轻轻送到柳枝上。院中有点小风，带着南边的花香，把柳条的影子吹到墙角有光的地方来，又吹到无光的地方去；光不强，影儿不重，风微微地吹，都是温柔，什么都有点睡意，可又要轻软地活动着。月牙下边，柳梢上面，有一对星儿好像微笑的仙女的眼，逗着那歪歪的月牙和那轻摆的柳枝。墙那边有棵什么树，开满了白花，月的微光把这团雪照成一半儿白亮，一半儿略带点灰影，显出难以想到的纯净。这个月牙是希望的开始，我心里说。

二十

我又找了胖校长去，她没在家。一个青年把我让进去。他很体面，也很和气。我平素很怕男人，但是这个青年不叫我怕他。他叫我说什么,我便不好意思不说;他那么一笑,我心里就软了。我把找校长的意思对他说了,他很热心,答应帮助我。当天晚上,他给我送了两块钱来,我不肯收,他说这是他婶母——胖校长——给我的。他并且说他的婶母已经给我找好了地方住,第二天就可以搬过去。我要怀疑,可是不敢。他的笑脸好像笑到我的心里去。我觉得我要疑心便对不起人,他是那么温和可爱。

二十一

他的笑唇在我的脸上,从他的头发上我看着那也在微笑的月牙。春风像醉了,吹破了春云,露出月牙与一两对儿春星。河岸上的柳枝轻摆,春蛙唱着恋歌,嫩蒲的香味散在春晚的暖气里。我听着水流,像给嫩蒲一些生力,我想象着蒲梗轻快地往高里长。小蒲公英在潮暖的地上生长。什么都在溶化着春的力量,然后放出一些香味来。我忘了自己,我没了自己,像化在了那点春风与月的微光中。月儿忽然被云掩住,我想起来自己。我失去那个月牙儿,也失去了自己,我和妈妈一样了!

二十二

我后悔,我自慰,我要哭,我喜欢,我不知道怎样好。我要跑开,永不再见他;我又想他,我寂寞。两间小屋,只有我一个人,他每天晚上来。他永远俊美,老那么温和。他供给我吃喝,还给我作了几件新衣。穿上新衣,我自己看出我的美。

可是我也恨这些衣服,又舍不得脱去。我不敢思想,也懒得思想,我迷迷糊糊的,腮上老有那么两块红。我懒得打扮,又不能不打扮,太闲在了,总得找点事作。打扮的时候,我怜爱自己;打扮完了,我恨自己。我的泪很容易下来,可是我设法不哭,眼终日老那么湿润润的,可爱。我有时候疯了似的吻他,然后把他推开,甚至于破口骂他;他老笑。

二十三

我早知道,我没希望;一点云便能把月牙遮住,我的将来是黑暗。果然,没有多久,春便变成了夏,我的春梦作到了头儿。有一天,也就是刚晌午吧,来了一个少妇。她很美,可是美得不玲珑,像个磁人儿似的。她进到屋中就哭了。不用问,我已明白了。看她那个样儿,她不想跟我吵闹,我更没预备着跟她冲突。她是个老实人。她哭,可是拉住我的手:"他骗了咱们俩!"她说。我以为她也只是个"爱人"。不,她是他的妻。她不跟我闹,只口口声声的说:"你放了他吧!"我不知怎么才好,我可怜这个少妇。我答应了她。她笑了。看她这个样儿,我以为她是缺个心眼,她似乎什么也不懂,只知道要她的丈夫。

二十四

我在街上走了半天。很容易答应那个少妇呀,可是我怎么办呢?他给我的那些东西,我不愿意要;既然要离开他,便一刀两断。可是，放下那点东西，我还有什么呢？我上哪儿呢？我怎么能当天就有饭吃呢？好吧，我得要那些东西，无法。我偷偷的搬了走。我不后悔，只觉得空虚，像一片云那样的无倚无靠。搬到一间小屋里，我睡了一天。

二十五

我知道怎样俭省，自幼就晓得钱是好的。凑合着手里还有那点钱，我想马上去找个事。这样，我虽然不希望什么，或者也不会有危险了。事情可是并不因我长了一两岁而容易找到。我很坚决，这并无济于事，只觉得应当如此罢了。妇女挣钱怎这么不容易呢！妈妈是对的，妇人只有一条路走，就是妈妈所走的路。我不肯马上就往那么走，可是知道它在不很远的地方等着我呢。我越挣扎，心中越害怕。我的希望是初月的光，一会儿就要消失。一两个星期过去了，希望越来越小。最后，我去和一排年轻的姑娘们在小饭馆受选阅。很小的一个饭馆，很大的一个老板；我们这群都不难看，都是高小毕业的少女们，等皇赏似的，等着那个破塔似的老板挑选。他选了我。我不感谢他，可是当时确有点痛快。那群女孩子们似乎很羡慕我，有的竟自含着泪走去，有的骂声"妈的！"。女人够多么不值钱呢！

二十六

我成了小饭馆的第二号女招待。摆菜、端菜、算账、报菜名，我都不在行。我有点害怕。可是"第一号"告诉我不用着急，她也都不会。她说，小顺管一切的事；我们当招待的只要给客人倒茶，递手巾把，和拿账条；别的不用管。奇怪！"第一号"的袖口卷起来很高，袖口的白里子上连一个污点也没有。腕上放着一块白丝手绢，绣着"妹妹我爱你"。她一天到晚往脸上拍粉，嘴唇抹得血瓢似的。给客人点烟的时候，她的膝往人家腿上倚；还给客人斟酒，有时候她自己也喝了一口。对于客人，有的她伺候得非常的周到；有的她连理也不理，她会把眼皮一搭拉，假装没看见。她不招待的，我只好去。我怕男人。我那点经验叫我明白了些，什么爱不爱的，反正男人可怕。特别是在饭馆吃饭的男人们，他们假装义气，打架似的让座让账；他们拼命的猜拳，喝酒；他们野兽似的吞吃，他们不必要而故意的挑剔毛病，骂人。我低头递茶递手巾，我的脸发烧。客人们故意的和我说东说西，招我笑；我没心思说笑。晚上九点多钟完了事，我非常的疲乏了。到了我的小屋，连衣裳没脱，我一直地睡到天亮。醒来，我心中高兴了一些，我现在是自食其力，用我的劳力自己挣饭吃。我很早的就去上工。

二十七

"第一号"九点多才来，我已经去了两点多钟。她看不起我，可也并非完全恶意地教训我："不用那么早来，谁八点来吃饭？告诉你，丧气鬼，把脸别搭拉得那么长；你是女跑堂的，没让你在这儿送殡玩。低着头，没人多给酒钱；你干什么来了？不为挣子儿吗？你的领子太矮，咱这行全得弄高领子，绸子手绢，人家认这个！"我知道她是好意，我也知道设若我不肯笑，她也得吃亏，少分酒钱；小账是大家平分的。我也并非看不起她，从一方面看，我实在佩服她，她是为挣钱。妇女挣钱就得这么着，没第二条路。但是，我不肯学她。我仿佛看得很清楚：有朝一日，我得比她还开通，才能挣上饭吃。可是那得到了山穷水尽的时候；"万不得已"老在那儿等我们女人，我只能叫它多等几天。这叫我咬牙切齿，叫我心中冒火，可是妇女的命运不在自己手里。又干了三天，那个大掌柜的下了警告：再试我两天，我要是愿意往长了干呢，得照"第一号"那么办。"第一号"一半嘲弄，一半劝告的说："已经有人打听你，干吗藏着乖的卖傻的呢？咱们谁不知道谁是怎着？女招待嫁银行经理的，有的是；你当是咱们低贱呢？闯开脸儿干呀，咱们也他妈的坐几天汽车！"这个，逼上我的气来，我问她："你什么时候坐汽车？"她把红嘴唇撇得要掉下去："不用你耍嘴皮子，干什么说什么；天生下来的香屁股，还不会干这个呢！"我干不了，拿了一块另五分钱，我回了家。

二十八

最后的黑影又向我迈了一步。为躲它，就更走近了它。我不后悔丢了那个事，可我也真怕那个黑影。把自己卖给一个人，我会。自从那回事儿，我很明白了些男女之间的关系。女人把自己放松一些，男人闻着味儿就来了。他所要的是肉，他发散了兽力，你便暂时有吃有穿；然后他也许打你骂你，或者停止了你的供给。女人就这么卖了自己,有时候还很得意,我曾经觉到得意。在得意的时候说的净是一些天上的话;过了会儿,你觉得身上的疼痛与丧气。不过,卖给一个男人,还可以说些天上的话;卖给大家,连这些也没法说了,妈妈就没说过这样的话。怕的程度不同,我没法接受"第一号"的劝告;"一个"男人到底使我少怕一点。可是,我并不想卖我自己。我并不需要男人,我还不到二十岁。我当初以为跟男人在一块儿必定有趣,谁知道到了一块他就要求那个我所害怕的事。是的,那时候我像把自己交给了春风,任凭人家摆布;过后一想,他是利用我的无知,畅快他自己。他的甜言蜜语使我走入梦里;醒过来,不过是一个梦,一些空虚;我得到的是两顿饭,几件衣服。我不想再这样挣饭吃,饭是实在的,实在地去挣好了。可是,若真挣不上饭吃,女人得承认自己是女人,得卖肉!一个多月,我找不到事作。

二十九

我遇见几个同学,有的升入了中学,有的在家里作姑娘。我不愿理她们,可是一说起话儿来,我觉得我比她们精明。原先,在学校的时候,我比她们傻;现在,"她们"显着呆傻了。她们似乎还都作梦呢。她们都打扮得很好,像铺子里的货物。她们的眼溜着年轻的男人,心里好像作着爱情的诗。我笑她们。是的,我必定得原谅她们,她们有饭吃,吃饱了当然只好想爱情,男女彼此织成了网,互相捕捉;有钱的,网大一些,捉住几个,然后从容地选择一个。我没有钱,我连个结网的屋角都找不到。我得直接地捉人,或是被捉,我比她们明白一些,实际一些。

三十

有一天,我碰见那个小媳妇,像磁人似的那个。她拉住了我,倒好像我是她的亲人似的。她有点颠三倒四的样儿。"你是好人!你是好人!我后悔了,"她很诚恳地说,"我后悔了!我叫你放了他,哼,还不如在你手里呢!他又弄了别人,更好了,一去不回头了!"由探问中,我知道她和他也是由恋爱而结的婚,她似乎还很爱他。他又跑了。我可怜这个小妇人,她也是还作着梦,还相信恋爱神圣。我问她现在的情形,她说她得找到他,她得从一而终。要是找不到他呢?我问。她咬上了嘴唇,她有公婆,娘家还有父母,她没有自由,她甚至于羡慕我,我没有人管着。还有人羡慕我,我真要笑了!我有自由,笑话!她有饭吃,我有自由;她没自由,我没饭吃,我俩都是女人。

三十一

自从遇上那个小磁人,我不想把自己专卖给一个男人了,我决定玩玩了;换句话说,我要"浪漫"地挣饭吃了。我不再为谁负着什么道德责任,我饿。浪漫足以治饿,正如同吃饱了才浪漫,这是个圆圈,从哪儿走都可以。那些女同学与小磁人都跟我差不多,她们比我多着一点梦想,我比她们更直爽,肚子饿是最大的真理。是的，我开始卖了。把我所有的一点东西都折卖了，作了一身新行头，我的确不难看。我上了市。

三十二

我想我要玩玩，浪漫。啊，我错了。我还是不大明白世故。男人并不像我想的那么容易勾引。我要勾引文明一些的人，要至多只赔上一两个吻。哈哈，人家不上那个当，人家要初次见面便得到便宜。还有呢，人家只请我看电影，或逛逛大街，吃杯冰激凌；我还是饿着肚子回家。所谓文明人，懂得问我在哪儿毕业，家里作什么事。那个态度使我看明白，他若是要你，你得给他相当的好处；你若是没有好处可贡献呢，人家只用一角钱的冰激凌换你一个吻。要卖，得痛痛快快地。我明白了这个。小磁人们不明白这个。我和妈妈明白，我很想妈了。

三十三

据说有些女人是可以浪漫地挣饭吃，我缺乏资本；也就不必再这样想了。我有了买卖。可是我的房东不许我再住下去，他是讲体面的人。我连瞧他也没瞧，就搬了家，又搬回我妈妈和新爸爸曾经住过的那两间房。这里的人不讲体面，可也更真诚可爱。搬了家以后，我的买卖很不错。连文明人也来了。文明人知道了我是卖，他们是买，就肯来了；这样，他们不吃亏，也不丢身分。初干的时候，我很害怕，因为我还不到二十岁。及至作过了几天，我也就不怕了。多咱他们像了一摊泥，他们才觉得上了算,他们满意,还替我作义务的宣传。干过了几个月,我明白的事情更多了,差不多每一见面,我就能断定他是怎样的人。有的很有钱,这样的人一开口总是问我的身价,表示他买得起我。他也很嫉妒,总想包了我;逛暗娼他也想独占,因为他有钱。对这样的人,我不大招待。他闹脾气,我不怕,我告诉他,我可以找上他的门去,报告给他的太太。在小学里念了几年书,到底是没白念,他唬不住我。"教育"是有用的,我相信了。有的人呢,来的时候,手里就攥着一块钱,唯恐上了当。对这种人,我跟他细讲条件,他就乖乖地回家去拿钱,很有意思。最可恨的是那些油子,不但不肯花钱,反倒要占点便宜走,什么半盒烟卷呀,什么一小瓶雪花膏呀,他们随手拿去。这种人还是得罪不的,他们在地面上很熟,得罪了他们,他们会叫巡警跟我捣乱。我不得罪他们,我喂着他们;及至我认识了警官,才一个个的收拾他们。世界就是狼吞虎咽的世界,谁坏谁就占便宜。顶可怜的是那像学生样儿的,袋里装着一块钱,和几十铜子,叮当地直响,鼻子上出着汗。我可怜他们,可是也照常卖给他们。我有什么办法呢!还有老头子呢,都是些规矩人,或者家中已然儿孙成群。对他们,我不知道怎样好;但是我知道他们有钱,想在死前买些快乐,我只好供给他们所需要的。这些经验叫我认识了"钱"与"人"。钱比人更厉害一些,人若是兽,钱就是兽的胆子。

三十四

我发现了我身上有了病。这叫我非常的苦痛,我觉得已经不必活下去了。我休息了,我到街上去走;无目的,乱走。我想去看看妈,她必能给我一些安慰,我想象着自己已是快死的人了。我绕到那个小巷,希望见着妈妈;我想起她在门外拉风箱的样子。馒头铺已经关了门。打听,没人知道搬到哪里去。这使我更坚决了,我非找到妈妈不可。在街上丧胆游魂地走了几天,没有一点用。我疑心她是死了,或是和馒头铺的掌柜的搬到别处去,也许在千里以外。这么一想,我哭起来。我穿好了衣裳,擦上了脂粉,在床上躺着,等死。我相信我会不久就死去的。可是我没死。门外又敲门了,找我的。好吧,我伺候他,我把病尽力地传给他。我不觉得这对不起人,这根本不是我的过错。我又痛快了些,我吸烟,我喝酒,我好像已是三四十岁的人了。我的眼圈发青,手心发热,我不再管:有钱才能活着,先吃饱再说别的吧。我吃得并不错,谁肯吃坏的呢!我必须给自己一点好吃食,一些好衣裳,这样才稍微对得起自己一点。

三十五

一天早晨,大概有十点来钟吧,我正披着件长袍在屋中坐着,我听见院中有点脚步声。我十点来钟起来,有时候到十二点才想穿好衣裳,我近来非常的懒,能披着件衣服呆坐一两个钟头。我想不起什么,也不愿想什么,就那么独自呆坐。那点脚步声,向我的门外来了,很轻很慢。不久,我看见一对眼睛,从门上那块小玻璃向里面看呢。看了一会儿,躲开了;我懒得动,还在那儿坐着。待了一会儿,那对眼睛又来了。我再也坐不住，我轻轻的开了门。"妈！"

三十六

我们母女怎么进了屋，我说不上来。哭了多久，也不大记得。妈妈已老得不像样儿了。她的掌柜的回了老家，没告诉她，偷偷地走了，没给她留下一个钱。她把那点东西变卖了，辞退了房，搬到一个大杂院里去。她已找了我半个多月。最后，她想到上这儿来，并没希望找到我，只是碰碰看，可是竟自找到了我。她不敢认我了，要不是我叫她，她也许就又走了。哭完了，我发狂似的笑起来：她找到了女儿，女儿已是个暗娼！她养着我的时候，她得那样；现在轮到我养着她了，我得那样！女人的职业是世袭的，是专门的！

三十七

我希望妈妈给我点安慰。我知道安慰不过是点空话，可是我还希望来自妈妈的口中。妈妈都往往会骗人，我们把妈妈的诓骗叫作安慰。我的妈妈连这个都忘了。她是饿怕了，我不怪她。她开始检点我的东西，问我的进项与花费，似乎一点也不以这种生意为奇怪。我告诉她，我有了病，希望她劝我休息几天。没有；她只说出去给我买药。"我们老干这个吗？"我问她。她没言语。可是从另一方面看，她确是想保护我，心疼我。她给我作饭，问我身上怎样，还常常偷看我，像妈妈看睡着了的小孩那样。只是有一层她不肯说，就是叫我不用再干这行了。我心中很明白——虽然有一点不满意她——除了干这个，还想不到第二个事情作。我们母女得吃得穿——这个决定了一切。什么母女不母女，什么体面不体面，钱是无情的。

三十八

　　妈妈想照应我，可是她得听着看着人家蹂躏我。我想好好对待她，可是我觉得她有时候讨厌。她什么都要管管，特别是对于钱。她的眼已失去年轻时的光泽，不过看见了钱还能发点光。对于客人，她就自居为仆人，可是当客人给少了钱的时候，她张嘴就骂。这有时候使我很为难。不错，既干这个还不是为钱吗？可是干这个的也似乎不必骂人。我有时候也会慢待人，可是我有我的办法，使客人急不得恼不得。妈妈的方法太笨了，很容易得罪人。看在钱的面上，我们不应当得罪人。我的方法或者出于我还年轻，还幼稚；妈妈便不顾一切的单单站在钱上了，她应当如此，她比我大着好些岁。恐怕再过几年我也就这样了，人老心也跟着老，渐渐老得和钱一样的硬。是的，妈妈不客气。她有时候劈手就抢客人的皮夹，有时候留下人家的帽子或值钱一点的手套与手杖。我很怕闹出事来，可是妈妈说的好："能多弄一个是一个，咱们是拿十年当作一年活着的，等七老八十还有人要咱们吗？"有时候，客人喝醉了，她便把他架出去，找个僻静地方叫他坐下，连他的鞋都拿回来。说也奇怪，这种人倒没有来找账的，想是已人事不知，说不定也许病一大场。或者事过之后，想过滋味，也就不便再来闹了，我们不怕丢人，他们怕。

三十九

妈妈是说对了:我们是拿十年当一年活着。干了二三年,我觉出自己是变了。我的皮肤粗糙了,我的嘴唇老是焦的,我的眼睛里老灰渌渌的带着血丝。我起来的很晚,还觉得精神不够。我觉出这个来,客人们更不是瞎子,熟客渐渐少起来。对于生客,我更努力的伺候,可是也更厌恶他们,有时候我管不住自己的脾气。我暴躁,我胡说,我已经不是我自己了。我的嘴不由的老胡说,似乎是惯了。这样,那些文明人已不多照顾我,因为我丢了那点"小鸟依人"——他们唯一的诗句——的身段与气味。我得和野鸡学了。我打扮得简直不像个人,这才招得动那不文明的人。我的嘴擦得像个红血瓢,我用力咬他们,他们觉得痛快。有时候我似乎已看见我的死,接进一块钱,我仿佛死了一点。钱是延长生命的,我的挣法适得其反。我看着自己死,等着自己死。这么一想,便把别的思想全止住了。不必想了,一天一天地活下去就是了,我的妈妈是我的影子,我至好不过将来变成她那样,卖了一辈子肉,剩下的只是一些白头发与抽皱的黑皮。这就是生命。

四十

我勉强地笑,勉强地疯狂,我的痛苦不是落几个泪所能减除的。我这样的生命是没什么可惜的,可是它到底是个生命,我不愿撒手。况且我所作的并不是我自己的过错。死假如可怕,那只因为活着是可爱的。我决不是怕死的痛苦,我的痛苦久已胜过了死。我爱活着,而不应当这样活着。我想象着一种理想的生活,像作着梦似的;这个梦一会儿就过去了,实际的生活使我更觉得难过。这个世界不是个梦,是真的地狱。妈妈看出我的难过来,她劝我嫁人。嫁人,我有了饭吃,她可以弄一笔养老金。我是她的希望。我嫁谁呢?

四十一

因为接触的男子很多了,我根本已忘了什么是爱。我爱的是我自己,及至我已爱不了自己,我爱别人干什么呢?但是打算出嫁,我得假装说我爱,说我愿意跟他一辈子。我对好几个人都这样说了,还起了誓;没人接受。在钱的管领下,人都很精明。嫖不如偷,对,偷省钱。我要是不要钱,管保人人说爱我。

四十二

正在这个期间,巡警把我抓了去。我们城里的新官儿非常地讲道德,要扫清了暗门子。正式的妓女倒还照旧作生意,因为她们纳捐;纳捐的便是名正言顺的,道德的。抓了去,他们把我放在了感化院,有人教给我作工。洗、做、烹调、编织,我都会;要是这些本事能挣饭吃,我早就不干那个苦事了。我跟他们这样讲,他们不信,他们说我没出息,没道德。他们教给我工作,还告诉我必须爱我的工作。假如我爱工作,将来必定能自食其力,或是嫁个人。他们很乐观。我可没这个信心。

他们最好的成绩，是已经有十多个女的，经过他们感化而嫁了人。到这儿来领女人的，只须花两块钱的手续费和找一个妥实的铺保就够了。这是个便宜。从男人方面看；据我想，这是个笑话。我干脆就不受这个感化。当一个大官儿来检阅我们的时候，我唾了他一脸唾沫。他们还不肯放了我，我是带危险性的东西。可是他们也不肯再感化我。我换了地方，到了狱中。

四十三

狱里是个好地方，它使人坚信人类的没有起色；在我作梦的时候都见不到这样丑恶的玩艺。自从我一进来，我就不再想出去，在我的经验中，世界比这儿并强不了许多。我不愿死，假若从这儿出去而能有个较好的地方；事实上既不这样，死在哪儿不一样呢。在这里，在这里，我又看见了我的好朋友，月牙儿！多久没见着它了！妈妈干什么呢？我想起来一切。

我这一辈子

老 舍

一

我幼年读过书,虽然不多,可是足够读《七侠五义》与三国志演义什么的。我记得好几段《聊斋》,到如今还能说得很齐全动听,不但听的人都夸奖我的记性好,连我自己也觉得应该高兴。可是,我念不懂聊斋的原文,那太深了;我所记得的几段,都是由小报上的"评讲聊斋"念来的——把原文变成白话,又添上些逗哏打趣,实在有个意思!

我的字写得也不坏。拿我的字和老年间衙门里的公文比一比,论个儿的匀适,墨色的光润,与行列的齐整,我实在相信我可以作个很好的"笔帖式"。自然我不敢高攀,说我有写奏折的本领,可是眼前的通常公文是准保能写到好处的。

凭我认字与写的本事,我本该去当差。当差虽不见得一定能增光耀祖,但是至少也比作别的事更体面些。况且呢,差事不管大小,多少总有个升腾。我看见不止一位了,官职很大,可是那笔字还不如我的好呢,连句整话都说不出来。这样的人既能作高官,我怎么不能呢?

可是,当我十五岁的时候,家里教我去学徒。五行八作,行行出状元,学手艺原不是什么低搭的事;不过比较当差稍差点劲儿罢了。学手艺,一辈子逃不出手艺人去,即使能大发财源,也高不过大官儿不是?可是我并没和家里闹别扭,就去学徒了;十五岁的人,自然没有多少主意。况且家里老人还说,学满了艺,能挣上钱,就给我说亲事。在当时,我想象着结婚必是件有趣的事。那么,吃上二三年的苦,而后大人似的去耍手艺挣钱,家里再有个小媳妇,大概也很下得去了。

我学的是裱糊匠。在那太平年月,裱匠是不愁没饭吃的。那时候,死一个人不像现在这么省事。这可并不是说,老年间的人要翻来覆去的死好几回,不干脆的一下子断了气。我是说,那时候死人,丧家要拼命的花钱,一点不惜力气与金钱的讲排场。就拿与冥衣铺有关系的事来说吧,就得花上老些个钱。人一断气,马上就得去糊"倒头车"——现在,连这个名词儿也许有好多人不晓得了。紧跟着便是"接三",必定有些烧活:车轿骡马,墩箱灵人,引魂幡,灵花等等。要是害月子病死的,还必须另糊一头牛,和一个鸡罩。赶到"一七"念经,又得糊楼库,金山银山,尺头元宝,四季衣服,四季花草,古玩陈设,各样木器。及至出殡,纸亭纸架之外,还有许多烧活,至不济也得弄一对"童儿"举着。"五七"烧伞,六十天糊船桥。一个死人到六十天后才和我们裱糊匠脱离关系。一年之中,死那么十来个有钱的人,我们便有了吃喝。

裱糊匠并不专伺候死人,我们也伺候神仙。早年间的神仙不像如今晚儿的这样寒碜,就拿关老爷说吧,早年间每到六月二十四,人们必给他糊黄幡宝盖,马童马匹,和七星大旗什么的。现在,几乎没有人再惦记着关公了!遇上闹"天花",我们又得为娘娘们忙一阵。九位娘娘得糊九顶轿子,红马黄马各一匹,九份凤冠霞帔,还得预备痘哥哥痘姐姐们的袍带靴帽,和各样执事。如今,医院都施种牛痘,娘娘们无事可作,裱糊匠也就陪着她们闲起来了。此外还有许许多多的"还愿"的事,都要糊点什么东西,可是也都随着破除迷信没人再提了。年头真是变了啊!

除了伺候神与鬼外,我们这行自然也为活人作些事。这叫作"白活",就是给人家糊顶棚。早年间没有洋房,每遇到搬家,娶媳妇,或别项喜事,总要把房间糊得四白落地,好显出焕然一新的气象。那大富之家,连春秋两季糊窗子也雇用我们。人是一天穷似一天了,搬家不一定糊棚顶,而那些有钱的呢,房子改为洋式的,棚顶抹灰,一劳永逸;窗子改成玻璃的,也用不着再糊上纸或纱。什么都是洋式好,耍手艺的可就没了饭吃。我们自己也不是不努力呀,洋车时行,我们就照样糊洋车;汽车时行,我们就糊汽车,我们知道改良。可是有几家死了人来糊一辆洋车或汽车呢?年头一旦大改良起来,我们的小改良全算白饶,水大漫不过鸭子去,有什么法儿呢!

我这一辈子　65

二

上面交代过了：我若是始终仗着那份儿手艺吃饭，恐怕就早已饿死了。不过，这点本事虽不能永远有用，可是三年的学艺并非没有很大的好处，这点好处教我一辈子享用不尽。我可以撂下家伙，干别的营生去；这点好处可是老跟着我。就是我死后，有人谈到我的为人如何，他们也必须要记得我少年曾学过三年徒。

学徒的意思是一半学手艺，一半学规矩。在初到铺子去的时候，不论是谁也得害怕，铺中的规矩就是委屈。当徒弟的得晚睡早起，得听一切的指挥与使遣；得低三下四的伺候人，饥寒劳苦都得高高兴兴的受着，有眼泪往肚子里咽。像我学艺的所在，铺子也就是掌柜的家；受了师傅的，还得受师母的，夹板儿气！能挺过这么三年，顶倔强的人也得软了，顶软和的人也得了艺，我简直的可以这么说，一个学徒的脾性不是天生带来的，而是板子打出来的；像打铁一样，要打什么东西便成什么东西。

在当时正挨打受气的那一会儿，我真想去寻死，那种气简直不是人所受得住的！但是，现在想起来，这种规矩与调教实在值金子。受过这种排练，天下便没有什么受不了的事啦。随便提一样吧，比方说教我去当兵，好哇，我可以作个满好的兵。军队的操演有时有会儿，而学徒们是除了睡觉没有任何休息时间的。我抓着工夫去出恭，一边蹲着一边就能打个盹儿，因为遇上赶夜活的时候，我一天一夜只能睡上三四点钟的觉。我能一口吞下去一顿饭，刚端起饭碗，不是师傅喊，就是师娘叫，要不然便是有照顾主儿来定活，我得恭而敬之的招待，并且细心听着师傅怎样论活讨价钱。不把饭整吞下去怎办呢？这种排练教我遇到什么苦处都能硬挺，外带着还是挺和气。读书的人，据我这粗人看，永远不会懂得这个。现在的洋学堂里开运动会，学生跑上两个圈就仿佛有了汗马功劳一般，喝！又是搀着，又是抱着，往大腿上拍火酒，还闹脾气，还坐汽车！这样的公子哥儿哪懂得什么叫作规矩，哪叫排练呢？话往回来说，我所受的苦处给我打下了作事任劳任怨的底子，我永远不肯闲着，作起活来永不晓得闹脾气，耍别扭，我能和大兵们一样受苦，而大兵们不能像我这么和气。

再拿件实事来证明这个吧：在我学成出师以后，我和别的耍手艺的一样，为表明自己是凭本事挣钱的人，第一我先买了根烟袋，只要一闲着便捻上一袋吧唧着，仿佛很有身分，慢慢的，我又学了喝酒，时常弄两盅猫尿咂着嘴儿抿几口。嗜好就怕开了头，会了一样就不难学第二样，反正都是个玩艺吧咧。这可也就出了毛病。我爱烟爱酒，原本不算什么稀奇的事，大家伙儿都差不多是这样。可是，我一来二去的学会了吃大烟。那个年月，鸦片烟不犯私，非常的便宜；我先是吸着玩，后来可就上了瘾。不久，我便觉出手紧来了，作事也不似先前那么上劲了。我并没等谁劝告我，不但戒了大烟，而且把旱烟袋也撅了，从此烟酒不动！我入了"理门"。入理门，烟酒都不准动；一旦破戒，必走背运。所以我不但戒了嗜好，而且入了理门；背运在那儿等着我，我怎肯再犯戒呢？这点心胸与硬气，如今想起来，还是由学徒得来的。多大的苦处我都能忍受。初一戒烟戒酒，看着别人吸，别人饮，多么难过呢！心里真像有一千条小虫爬挠那么痒痒触触的难过。但是我不能破戒,怕走背运。其实背运不背运的,都是日后的事,眼前的罪过可是不好受呀!硬挺,只有硬挺才能成功,怕走背运还在其次。我居然挺过来了,因为我学过徒,受过排练呀!

提到我的手艺来,我也觉得学徒三年的光阴并没白费了。凡是一门手艺,都得随时改良,方法是死的,运用可是活的。三十年前的瓦匠,讲究会磨砖对缝,作细工儿活;现在,他得会用洋灰和包镶人造石什么的。三十年前的木匠,讲究会雕花刻木,现在得会造洋式木器。我们这行也如此,不过比别的行业更活动。我们这行讲究看见什么就能糊什么。比方说,人家落了丧事,教我们糊一桌全席,我们就能糊出鸡鸭鱼肉来。赶上人家死了未出阁的姑娘,教我们糊一全份嫁妆,不管是四十八抬,还是三十二抬,我们便能由粉罐油瓶一直糊到衣橱穿衣镜。眼睛一看,手就能模仿下来,这是我们的本事。我们的本事不大,可是得有点聪明,一个心窟窿的人绝不会成个好裱糊匠。

这样,我们作活,一边工作也一边游戏,仿佛是。我们的成败全仗着怎么把各色的纸调动的合适,这是耍心路的事儿。以我自己说,我有点小聪明。在学徒时候所挨的打,很少是为学不上活来,而多半是因为我有聪明而好调皮不听话。我的聪明也许一点也显露不出来,假若我是去学打铁,或是拉大锯——老那么打,老那么拉,一点变动没有。幸而我学了裱糊匠,把基本的技能学会了以后,我便开始自出花样,怎么灵巧逼真我怎么作。有时候我白费了许多工夫与材料,而作不出我所想到的东西,可是这更教我加紧的去揣摸,去调动,非把它作成不可。这个，真是个好习惯。有聪明，而且知道用聪明，我必须感谢这三年的学徒，在这三年养成了我会用自己的聪明的习惯。诚然，我一辈子没作过大事，但是无论什么事，只要是平常人能作的，我一瞧就能明白个五六成。我会砌墙，栽树，修理钟表，看皮货的真假，合婚择日，知道五行八作的行话上诀窍……这些，我都没学过，只凭我的眼去看，我的手去试验；我有勤苦耐劳与多看多学的习惯；这个习惯是在冥衣铺学徒三年养成的。到如今我才明白过来——我已是快饿死的人了！——假若我多读上几年书，只抱着书本死啃，像那些秀才与学堂毕业的人们那样，我也许一辈子就糊糊涂涂的下去，而什么也不晓得呢！裱糊的手艺没有给我带来官职和财产，可是它让我活的很有趣；穷，但是有趣，有点人味儿。

刚二十多岁，我就成为亲友中的重要人物了。不因为我有钱与身分，而是因为我办事细心，不辞劳苦。自从出了师，我每天在街口的茶馆里等着同行的来约请帮忙。我成了街面上的人，年轻，利落，懂得场面。有人来约，我便去作活；没人来约，我也闲不住：亲友家许许多多的事都托咐我给办，我甚至于刚结过婚便给别人家作媒了。

给别人帮忙就等于消遣。我需要一些消遣。为什么呢？前面我已说过：我们这行有两种活，烧活和白活。作烧活是有趣而干净的，白活可就不然了。糊顶棚自然得先把旧纸撕下来，这可真够受的，没作过的人万也想不到顶棚上会能有那么多尘土，而且是日积月累攒下来的，比什么土都干，细，钻鼻子，撕完三间屋子的棚，我们就都成了土鬼。及至扎好了秫秸，糊新纸的时候，新银花纸的面子是又臭又挂鼻子。尘土与纸面子就能教人得痨病——现在叫作肺病。我不喜欢这种活儿。可是，在街上等工作，有人来约就不能拒绝，有什么活得干什么活。应下这种活儿，我差不多老在下边裁纸递纸抹浆糊，为的是可以不必上"交手"，而且可以低着头干活儿，少吃点土。就是这样，我也得弄一身灰，我的鼻子也得像烟筒。作完这么几天活，我愿意作点别的，变换变换。那么，有亲友托我办点什么，我是很乐意帮忙的。

再说呢，作烧活吧，作白活吧，这种工作老与人们的喜事或丧事有关系。熟人们找我定活，也往往就手儿托我去讲别项的事，如婚丧事的搭棚，讲执事，雇厨子，定车马等等。我在这些事儿中渐渐找出乐趣，晓得如何能捏住巧处，给亲友们既办得漂亮，又省些钱，不能窝窝囊囊的被人捉了"大头"。我在办这些事儿的时候，得到许多经验，明白了许多人情，久而久之，我成了个很精明的人，虽然还不到三十岁。

三

由前面所说过的去推测，谁也能看出来，我不能老靠着裱糊的手艺挣饭吃。像逛庙会忽然遇上雨似的，年头一变，大家就得往四散里跑。在我这一辈子里，我仿佛是走着下坡路，收不住脚。心里越盼着天下太平，身子越往下出溜。这次的变动，不使人缓气，一变好像就要变到底。这简直不是变动，而是一阵狂风，把人糊糊涂涂的刮得不知上哪里去了。在我小时候发财的行当与事情，许多许多都忽然走到绝处，永远不再见面，仿佛掉在了大海里头似的。裱糊这一行虽然到如今还阴死巴活的始终没完全断了气，可是大概也不会再有抬头的一日了。我老早的就看出这个来。在那太平的年月，假若我愿意的话，我满可以开个小铺，收两个徒弟，安安顿顿的混两顿饭吃。幸而我没那么办。一年得不到一笔大活，只仗着糊一辆车或两间屋子的顶棚什么的，怎能吃饭呢？睁开眼看看，这十几年了，可有过一笔体面的活？我得改行，我算是猜对了。

不过，这还不是我忽然改了行的唯一的原因。年头儿的改变不是个人所能抵抗的，胳臂扭不过大腿去，跟年头儿叫死劲简直是自己找别扭。可是，个人独有的事往往来得更厉害，它能马上教人疯了。去投河觅井都不算新奇，不用说把自己的行业放下，而去干些别的了。个人的事虽然很小，可是一加在个人身上便受不住；一个米粒很小，教蚂蚁去搬运便很费力气。个人的事也是如此。人活着是仗了一口气，多咱有点事儿，把这口气憋住，人就要抽风。人是多么小的玩艺儿呢！

我的精明与和气给我带来背运。乍一听这句话仿佛是不合情理，可是千真万确，一点儿不假，假若这要不落在我自己身上，我也许不大相信天下会有这宗事。它竟自找到了我；在当时，我差不多真成了个疯子。隔了这么二三十年，现在想起那回事儿来，我满可以微微一笑，仿佛想起一个故事来似的。现在我明白了个人的好处不必一定就有利于自己。一个人好，大家都好，这点好处才有用，正是如鱼得水。一个人好，而大家并不都好，个人的好处也许就是让他倒霉的祸根。精明和气有什么用呢！现在，我悟过这点理儿来，想起那件事不过点点头，笑一笑罢了。在当时，我可真有点咽不下去那口气。那时候我还很年轻啊。

我这一辈子

哪个年轻的人不爱漂亮呢？在我年轻的时候，给人家行人情或办点事，我的打扮与气派谁也不敢说我是个手艺人。在早年间，皮货很贵，而且不准乱穿。如今晚的人，今天得了马票或奖券，明天就可以穿上狐皮大衣，不管是个十五岁的孩子还是二十岁还没刮过脸的小伙子。早年间可不行，年纪身分决定个人的服装打扮。那年月，在马褂或坎肩上安上一条灰鼠领子就仿佛是很漂亮阔气。我老安着这么条领子，马褂与坎肩都是青大缎的——那时候的缎子也不怎么那样结实，一件马褂至少也可以穿上十来年。在给人家糊棚顶的时候，我是个土鬼；回到家中一梳洗打扮，我立刻变成个漂亮小伙子。我不喜欢那个土鬼，所以更爱这个漂亮的青年。我的辫子又黑又长，脑门剃得锃光青亮，穿上带灰鼠领子的缎子坎肩，我的确像个"人儿"！

一个漂亮小伙子所最怕的恐怕就是娶个丑八怪似的老婆吧。我早已有意无意的向老人们透了个口话：不娶倒没什么，要娶就得来个够样儿的。那时候，自然还不时行自由婚，可是已有男女两造对相对看的办法。要结婚的话，我得自己去相看，不能马马虎虎就凭媒人的花言巧语。

二十岁那年，我结了婚，我的妻比我小一岁。把她放在哪里，她也得算个俏式利落的小媳妇；在定婚以前，我亲眼相看的呀。她美不美，我不敢说，我说她俏式利落，因为这四个字就是我择妻的标准；她要是不够这四个字的格儿，当初我决不会点头。在这四个字里很可以见出我自己是怎样的人来。那时候，我年轻，漂亮，作事麻利，所以我一定不能要个笨牛似的老婆。

这个婚姻不能说不是天配良缘。我俩都年轻，都利落，都个子不高；在亲友面前，我们像一对轻巧的陀螺似的，四面八方的转动，招得那年岁大些的人们眼中要笑出一朵花来。我俩竞争着去在大家面前显出个人的机警与口才，到处争强好胜，只为教人夸奖一声我们是一对最有出息的小夫妇。别人的夸奖增高了我俩彼此间的敬爱，颇有点英雄惜英雄，好汉爱好汉的劲儿。

我很快乐，说实话：我的老人没挣下什么财产，可是有一所儿房。我住着不用花租金的房子，院中有不少的树木，檐前挂着一对黄鸟。我呢，有手艺，有人缘，有个可心的年轻女人。不快乐不是自找别扭吗？

对于我的妻，我简直找不出什么毛病来。不错，有时候我觉得她有点太野；可是哪个利落的小媳妇不爽快呢？她爱说话，因为她会说；她不大躲避男人，因为这正是作媳妇所应享的利益，特别是刚出嫁而有些本事的小媳妇，她自然愿意把作姑娘时的腼腆收起一些，而大大方方的自居为"媳妇"。这点实在不能算作毛病。况且，她见了长辈又是那么亲热体贴，殷勤的伺候，那么她对年轻一点的人随便一些也正是理之当然；她是爽快大方，所以对于年老的正像对于年少的，都愿表示出亲热周到来。我没因为她爽快而责备她过。

她有了孕，作了母亲，她更好看了，也更大方了——我简直的不忍再用那个"野"字！世界上还有比怀孕的少妇更可怜，年轻的母亲更可爱的吗？看她坐在门坎上，露着点胸，给小娃娃奶吃，我只能更爱她，而想不起责备她太不规矩。

到了二十四岁，我已有一儿一女。对于生儿养女，作丈夫的有什么功劳呢！赶上高兴，男子把娃娃抱起来，耍巴一回；其余的苦处全是女人的。我不是个糊涂人，不必等谁告诉我才能明白这个。真的，生小孩，养育小孩，男人有时候想去帮忙也归无用；不过，一个懂得点人事的人，自然该使作妻的痛快一些，自由一些；欺侮孕妇或一个年轻的母亲，据我看，才真是混蛋呢！对于我的妻，自从有了小孩之后，我更放任了些；我认为这是当然的合理的。

再一说呢，夫妇是树，儿女是花；有了花的树才能显出根儿深。一切猜忌，不放心，都应该减少，或者完全消灭；小孩子会把母亲拴得结结实实的。所以，即使我觉得她有点野——真不愿用这个臭字——我也不能不放心了，她是个母亲呀。

四

直到如今，我还是不能明白那到底是怎么一回事。

我所不能明白的事也就是当时教我差点儿疯了的事，我的妻跟人家跑了。

我再说一遍，到如今我还不能明白那到底是怎回事。我不是个固执的人，因为我久在街面上，懂得人情，知道怎样找出自己的长处与短处。但是，对于这件事，我把自己的短处都找遍了，也找不出应当受这种耻辱与惩罚的地方来。所以，我只能说我的聪明与和气给我带来祸患，因为我实在找不出别的道理来。

我有位师哥，这位师哥也就是我的仇人。街口上，人们都管他叫作黑子，我也就还这么叫他吧；不便道出他的真名实姓来,虽然他是我的仇人。"黑子",由于他的脸不白;不但不白,而且黑得特别,所以才有这个外号。他的脸真像个早年间人们揉的铁球,黑,可是非常的亮;黑,可是光润;黑,可是油光水滑的可爱。当他喝下两盅酒,或发热的时候,脸上红起来,就好像落太阳时的一些黑云,黑里透出一些红光。至于他的五官,简直没有什么好看的地方,我比他漂亮多了。他的身量很高,可也不见得怎么魁梧,高大而懒懒松松的。他所以不至教人讨厌他,总而言之,都仗着那一张发亮的黑脸。

我跟他是很好的朋友。他既是我的师哥,又那么傻大黑粗的,即使我不喜爱他,我也不能无缘无故的怀疑他。我的那点聪明不是给我预备着去猜疑人的;反之,我知道我的眼睛里不容沙子,所以我因信任自己而信任别人。我以为我的朋友都不至于偷偷的对我掏坏招数。一旦我认定谁是个可交的人,我便真拿他当个朋友看待。对于我这个师哥,即使他有可猜疑的地方,我也得敬重他,招待他,因为无论怎样,他到底是我的师哥呀。同是一门儿学出来的手艺,又同在一个街口上混饭吃,有活没活,一天至少也得见几面;对这么熟的人,我怎能不拿他当作个好朋友呢?有活,我们一同去作活;没活,他总是到我家来吃饭喝茶,有时候也摸几把索儿胡玩——那时候"麻将"还不十分时兴。我和蔼,他也不客气;遇到什么就吃什么,遇到什么就喝什么,我一向不特别为他预备什么,他也永远不挑剔。他吃的很多,可是不懂得挑食。看他端着大碗,跟着我们吃热汤儿面什么的,真是个痛快的事。他吃得四脖子汗流,嘴里稀啦胡噜的响,脸上越来越红,慢慢的成了个半红的大煤球似的;谁能说这样的人能存着什么坏心眼儿呢!

一来二去，我由大家的眼神看出来天下并不很太平。可是，我并没有怎么往心里搁这回事。假若我是个糊涂人，只有一个心眼，大概对这种事不会不听见风就是雨，马上闹个天昏地暗，也许立刻把事情弄个水落石出，也许是望风捕影而弄一鼻子灰。我的心眼多，决不肯这么糊涂瞎闹，我得平心静气的想一想。

先想我自己，想不出我有什么不对的地方来，即使我有许多毛病，反正至少我比师哥漂亮，聪明，更像个人儿。

再看师哥吧，他的长相，行为，财力，都不能教他为非作歹，他不是那种一见面就教女人动心的人。

最后，我详详细细的为我的年轻的妻子想一想：她跟了我已经四五年，我俩在一处不算不快乐。即使她的快乐是假装的，而愿意去跟个她真喜爱的人——这在早年间几乎是不能有的——大概黑子也绝不会是这个人吧？他跟我都是手艺人，他的身分一点不比我高。同样，他不比我阔，不比我漂亮，不比我年轻；那么，她贪图的是什么呢？想不出。就满打说她是受了他的引诱而迷了心，可是他用什么引诱她呢，是那张黑脸，那点本事，那身衣裳，腰里那几吊钱？笑话！哼，我要是有意的话吗，我倒满可以去引诱引诱女人；虽然钱不多，至少我有个样子。黑子有什么呢？再说，就是说她一时迷了心窍，分别不出好歹来，难道她就肯舍得那两个小孩吗？

我不能信大家的话，不能立时疏远了黑子，也不能傻子似的去盘问她。我全想过了，一点缝子没有，我只能慢慢的等着大家明白过来他们是多虑。即使他们不是凭空造谣，我也得慢慢的察看，不能无缘无故的把自己，把朋友，把妻子，都卷在黑土里边。有点聪明的人作事不能鲁莽。

可是,不久,黑子和我的妻子都不见了。直到如今,我没再见过他俩。为什么她肯这么办呢?我非见着她,由她自己吐出实话,我不会明白。我自己的思想永远不够对付这件事的。

我真盼望能再见她一面,专为明白明白这件事。到如今我还是在个葫芦里。

当时我怎样难过,用不着我自己细说。谁也能想到,一个年轻漂亮的人,守着两个没了妈的小孩,在家里是怎样的难过;一个聪明规矩的人,最亲爱的妻子跟师哥跑了,在街面上是怎么难堪。同情我的人,有话说不出,不认识我的人,听到这件事,总不会责备我的师哥,而一直的管我叫"王八"。在咱们这讲孝悌忠信的社会里,人们很喜欢有个王八,好教大家有放手指头的准头。我的口闭上,我的牙咬住,我心中只有他们俩的影儿和一片血。不用教我见着他们,见着就是一刀,别的无须乎再说了。

在当时,我只想拼上这条命,才觉得有点人味儿。现在,事情过去这么多年了。我可以细细的想这件事在我这一辈子里的作用了。

我的嘴并没闲着,到处我打听黑子的消息。没用,他俩真像石沉大海一般。打听不着确实的消息,慢慢的我的怒气消散了一些;说也奇怪,怒气一消,我反倒可怜我的妻子。黑子不过是个手艺人,而这种手艺只能在京津一带大城里找到饭吃,乡间是不需要讲究的烧活的。那么,假若他俩是逃到远处去,他拿什么养活她呢?哼,假若他肯偷好朋友的妻子,难道他就不会把她卖掉吗?这个恐惧时常在我心中绕来绕去。我真希望她忽然逃回来,告诉我她怎样上了当,受了苦处;假若她真跪在我的面前,我想我不会不收下她的,一个心爱的女人,永远是心爱的,不管她作了什么错事。她没有回来,没有消息,我恨她一会儿,又可怜她一会儿,胡思乱想,我有时候整夜的不能睡。

过了一年多,我的这种乱想又轻淡了许多。是的,我这一辈子也不能忘了她,可是我不再为她思索什么了。我承认了这是一段千真万确的事实,不必为它多费心思了。

我到底怎样了呢?这倒是我所要说的,因为这件我永远猜不透的事在我这一辈子里实在是件极大的事。这件事好像是在梦中丢失了我最亲爱的人,一睁眼,她真的跑得无影无踪了。这个梦没法儿明白,可是它的真确劲儿是谁也受不了的。作过这么个梦的人,就是没有成疯子,也得大大的改变;他是丢失了半个命呀!

五

最初,我连屋门也不肯出,我怕见那个又明又暖的太阳。

顶难堪的是头一次上街:抬着头大大方方的走吧,准人说我天生来的不知羞耻。低着头走,便是自己招认了脊背发软。怎么着也不对。我可是问心无愧,没作过一点对不起人的事。

我破了戒,又吸烟喝酒了。什么背运不背运的,有什么再比丢了老婆更倒霉的呢?我不求人家可怜我,也犯不上成心对谁耍刺儿,我独自吸烟喝酒,把委屈放在心里好了。再没有比不测的祸患更能扫除了迷信的；以前，我对什么神仙都不敢得罪；现在，我什么也不信，连活佛也不信了。迷信，我咂摸出来，是盼望得点意外的好处；赶到遇上意外的难处，你就什么也不盼望，自然也不迷信了。我把财神和灶王的龛——我亲手糊的——都烧了。亲友中很有些人说我成了二毛子的。什么二毛子三毛子的，我再不给谁磕头。人若是不可靠，神仙就更没准儿了。

我并没变成忧郁的人。这种事本来是可以把人愁死的，可是我没往死牛犄角里钻。我原是个活泼的人，好吧，我要打算活下去，就得别丢了我的活泼劲儿。不错，意外的大祸往往能忽然把一个人的习惯与脾气改变了；可是我决定要保持住我的活泼。我吸烟，喝酒，不再信神佛，不过都是些使我活泼的方法。不管我是真乐还是假乐，我乐！在我学艺的时候，我就会这一招，经过这次的变动，我更必须这样了。现在，我已快饿死了，我还是笑着，连我自己也说不清这是真的还是假的笑，反正我笑，多咱死了多咱我并上嘴。从那件事发生了以后，直到如今，我始终还是个有用的人，热心的人，可是我心中有了个空儿。这个空儿是那件不幸的事给我留下的，像墙上中了枪弹，老有个小窟窿似的。我有用，我热心，我爱给人家帮忙，但是不幸而事情没办到好处，或者想不到的扎手，我不着急，也不动气，因为我心中有个空儿。这个空儿会教我在极热心的时候冷静，极欢喜的时候有点悲哀，我的笑常常和泪碰在一起，而分不清哪个是哪个。

这些，都是我心里头的变动，我自己要是不说——自然连我自己也说不大完全——大概别人无从猜到。在我的生活上，也有了变动,这是人人能看到的。我改了行,不再当裱糊匠,我没脸再上街口去等生意,同行的人,认识我的,也必认识黑子;他们只须多看我几眼,我就没法再咽下饭去。在那报纸还不大时行的年月,人们的眼睛是比新闻还要厉害的。现在,离婚都可以上衙门去明说明讲,早年间男女的事儿可不能这么随便。我把同行中的朋友全放下了,连我的师傅师母都懒得去看,我仿佛是要由这个世界一脚跳到另一个世界去。这样,我觉得我才能独自把那桩事关在心里头。年头的改变教裱糊匠们的活路越来越狭,但是要不是那回事,我也不会改行改得这么快,这么干脆。放弃了手艺,没什么可惜;可是这么放弃了手艺,我也不会感谢"那"回事儿!不管怎说吧,我改了行,这是个显然的变动。

决定扔下手艺可不就是我准知道应该干什么去。我得去乱碰,像一只空船浮在水面上,浪头是它的指南针。在前面我已经说过,我认识字,还能抄抄写写,很够当个小差事的。再说呢,当差是个体面的事,我这丢了老婆的人若能当上差,不用说那必能把我的名誉恢复了一些。现在想起来,这个想法真有点可笑;在当时我可是诚心的相信这是最高明的办法。"八"字还没有一撇儿,我觉得很高兴,仿佛我已经很有把握,既得到差事,又能恢复了名誉。我的头又抬得很高了。

哼!手艺是三年可以学成的;差事,也许要三十年才能得上吧!一个钉子跟着一个钉子,都预备着给我碰呢!我说我识字,哼!敢情有好些个能整本背书的人还挨饿呢。我说我会写字,敢情会写字的绝不算出奇呢。我把自己看得太高了。可是,我又亲眼看见,那作着很大的官儿的,一天到晚山珍海味的吃着，连自己的姓都不大认得。那么，是不是我的学问又太大了，而超过了作官所需要的呢？我这个聪明人也没法儿不显着糊涂了。

慢慢的，我明白过来。原来差事不是给本事预备着的，想做官第一得有人。这简直没了我的事，不管我有多么大的本事。我自己是个手艺人，所认识的也是手艺人；我爸爸呢，又是个白丁，虽然是很有本事与品行的白丁。我上哪里去找差事当呢？

事情要是逼着一个人走上哪条道儿，他就非去不可，就像火车一样，轨道已摆好，照着走就是了，一出花样准得翻车！我也是如此。决定扔下了手艺，而得不到个差事，我又不能老这么闲着。好啦，我的面前已摆好了铁轨，只准上前，不许退后。

我当了巡警。

巡警和洋车是大城里头给苦人们安好的两条火车道。大字不识而什么手艺也没有的，只好去拉车。拉车不用什么本钱，肯出汗就能吃窝窝头。识几个字而好体面的，有手艺而挣不上饭的，只好去当巡警；别的先不提，挑巡警用不着多大的人情，而且一挑上先有身制服穿着，六块钱拿着；好歹是个差事。除了这条道，我简直无路可走。我既没混到必须拉车去的地步，又没有作高官的舅舅或姐丈，巡警正好不高不低，只要我肯，就能穿上一身铜纽子的制服。当兵比当巡警有起色，即使熬不上军官，至少能有抢劫些东西的机会。可是，我不能去当兵，我家中还有俩没娘的小孩呀。当兵要野，当巡警要文明；换句话说，当兵有发邪财的机会，当巡警是穷而文明一辈子；穷得要命，文明得稀松！

我这一辈子

以后这五六十年的经验，我敢说这么一句：真会办事的人，到时候才说话，爱张罗办事的人——像我自己——没话也找话说。我的嘴老不肯闲着，对什么事我都有一片说词，对什么人我都想很恰当的给起个外号。我受了报应：第一件事，我丢了老婆，把我的嘴封起来一二年！第二件是我当了巡警。在我还没当上这个差事的时候，我管巡警们叫作"马路行走"，"避风阁大学士"和"臭脚巡"。这些无非都是说巡警们的差事只是站马路，无事忙，跑臭脚。哼！我自己当上"臭脚巡"了！生命简直就是自己和自己开玩笑，一点不假！我自己打了自己的嘴巴，可并不因为我作了什么缺德的事；至多也不过爱多说几句玩笑话罢了。在这里，我认识了生命的严肃，连句玩笑话都说不得的！好在，我心中有个空儿；我怎么叫别人"臭脚巡"，也照样叫自己。这在早年间叫作"抹稀泥"，现在的新名词应叫着什么，我还没能打听出来。

我没法不去当巡警，可是真觉得有点委屈。是呀，我没有什么出众的本事，但是论街面上的事，我敢说我比谁知道的也不少。巡警不是管街面上的事情吗？那么，请看看那些警官儿吧：有的连本地的话都说不上来，二加二是四还是五都得想半天。哼！他是官，我可是"招募警"；他的一双皮鞋够开我半年的饷！他什么经验与本事也没有，可是他作官。这样的官儿多了去啦！上哪儿讲理去呢？记得有位教官，头一天教我们操法的时候，忘了叫"立正"，而叫了"闸住"。用不着打听，这位大爷一定是拉洋车出身。有人情就行，今天你拉车，明天你姑父作了什么官儿，你就可以弄个教官当当；叫"闸住"也没关系，谁敢笑教官一声呢！这样的自然是不多，可是有这么一位教官，也就可以教人想到巡警的操法是怎么稀松二五眼了。内堂的功课自然绝不是这样教官所能担任的，因为至少得认识些个字才能"虎"得下来。我们的内堂的教官大概可以分为两种：一种是老人儿们，多数都有口鸦片烟瘾；他们要是能讲明白一样东西，就凭他们那点人情，大概早就作上大官儿了；唯其什么也讲不明白，所以才来作教官。另一种是年轻的小伙子们，讲的都是洋事，什么东洋巡警怎么样，什么法国违警律如何，仿佛我们都是洋鬼子。这种讲法有个好处，就是他们信口开河瞎扯，我们一边打盹一边听着，谁也不准知道东洋和法国是什么样儿，可不就随他的便说吧。我满可以编一套美国的事讲给大家听，可惜我不是教官罢了。这群年轻的小人们真懂外国事儿不懂，无从知道；反正我准知道他们一点中国事儿也不晓得。这两种教官的年纪上学问上都不同，可是他们有个相同的地方，就是他们都高不成低不就，所以对对付付的只能作教官。他们的人情真不小，可是本事太差，所以来教一群为六块洋钱而一声不敢出的巡警就最合适。

教官如此，别的警官也差不多是这样。想想：谁要是能去作一任知县或税局局长，谁肯来作警官呢？前面我已交代过了，当巡警是高不成低不就，不得已而为之。警官也是这样。这群人由上至下全是"狗熊耍扁担，混碗儿饭吃"。不过呢，巡警一天到晚在街面上，不论怎样抹稀泥，多少得能说会道，见机而作，把大事化小，小事化无；既不多给官面上惹麻烦，又让大家都过得去；真的吧假的吧，这总得算点本事。而作警官的呢，就连这点本事似乎也不必有。阎王好作，小鬼难当，诚然！

六

我再多说几句，或者就没人再说我太狂傲无知了。我说我觉得委屈，真是实话；请看吧：一月挣六块钱，这跟当仆人的一样，而没有仆人们那些"外找儿"；死挣六块钱，就凭这么个大人——腰板挺直，样子漂亮，年轻力壮，能说会道，还得识文断字！这一大堆资格，一共值六块钱！

六块钱饷粮，扣去三块半钱的伙食，还得扣去什么人情公议儿，净剩也就是两块上下钱吧。衣服自然是可以穿官发的，可是到休息的时候，谁肯还穿着制服回家呢；那么，不作不作也得有件大褂什么的。要是把钱作了大褂，一个月就算白混。再说，谁没有家呢？父母——呕，先别提父母吧！就说一夫一妻吧：至少得赁一间房，得有老婆的吃，喝，穿。就凭那两块大洋！谁也不许生病，不许生小孩，不许吸烟，不许吃点零碎东西；连这么着，月月还不够嚼谷！

我就不明白为什么肯有人把姑娘嫁给当巡警的，虽然我常给同事的做媒。当我一到女家提说的时候，人家总对我一撇嘴，虽不明说，但是意思很明显："哼！当巡警的！"可是我不怕这一撇嘴，因为十回倒有九回是撇完嘴而点了头。难道是世界上的姑娘太多了吗？我不知道。

由哪面儿看，巡警都活该是鼓着腮帮子充胖子而教人哭不得笑不得的。穿起制服来，干净利落，又体面又威风，车马行人，打架吵嘴，都由他管着。他这是差事；可是他一月除了吃饭，净剩两块来钱。他自己也知道中气不足，可是不能不硬挺着腰板，到时候他得娶妻生子，还是仗着那两块来钱。提婚的时候,头一句是说:"小人呀当差!"当差的底下还有什么呢?没人愿意细问,一问就糟到底。

是的,巡警们都知道自己怎样的委屈,可是风里雨里他得去巡街下夜,一点懒儿不敢偷;一偷懒就有被开除的危险;他委屈,可不敢抱怨,他劳苦,可不敢偷闲,他知道自己在这里混不出来什么,而不敢冒险搁下差事。这点差事扔了可惜,作着又没劲;这些人也就人儿似的先混过一天是一天,在没劲中要露出劲儿来,像打太极拳似的。

世上为什么应当有这种差事,和为什么有这样多肯作这种差事的人?我想不出来。假若下辈子我再托生为人,而且忘了喝迷魂汤,还记得这一辈子的事,我必定要扯着脖子去喊:这玩艺儿整个的是丢人,是欺骗,是杀人不流血!现在,我老了,快饿死了,连喊这么几句也顾不及了,我还得先为下顿的窝窝头着忙呀!

自然在我初当差的时候,我并没有一下子就把这些都看清楚了,谁也没有那么聪明。反之,一上手当差我倒觉出点高兴来:穿上整齐的制服,靴帽,的确我是漂亮精神,而且心里说:好吧歹吧,这是个差事;凭我的聪明与本事,不久我必有个升腾。我很留神看巡长巡官们制服上的铜星与金道,而想象着我将来也能那样。我一点也没想到那铜星与金道并不按着聪明与本事颁给人们呀。

新鲜劲儿刚一过去,我已经讨厌那身制服了。它不教任何人尊敬,而只能告诉人:"臭脚巡"来了!拿制服的本身说,它也很讨厌:夏天它就像牛皮似的,把人闷得满身臭汗;冬天呢,它一点也不像牛皮了,而倒像是纸糊的;它不许谁在

我这一辈子　85

里边多穿一点衣服,只好任着狂风由胸口钻进来,由脊背钻出去,整打个穿堂!再看那双皮鞋,冬冷夏热,永远不教脚舒服一会儿;穿单袜的时候,它好像是两大篓子似的,脚趾脚踵都在里边乱抓弄,而始终找不到鞋在哪里;到穿棉袜的时候,它们忽然变得很紧,不许棉袜与脚一齐伸进去。有多少人因包办制服皮鞋而发了财,我不知道,我只知道我的脚永远烂着,夏天闹湿气,冬天闹冻疮。自然,烂脚也得照常的去巡街站岗,要不然就别挣那六块洋钱!多么热,或多么冷,别人都可以找地方去躲一躲,连洋车夫都可以自由的歇半天,巡警得去巡街,得去站岗,热死冻死都活该,那六块现大洋买着你的命呢!

记得在哪儿看见让这么一句:食不饱,力不足。不管这句在原地方讲的是什么吧,反正拿来形容巡警是没有多大错儿的。最可怜,又可笑的是我们既吃不饱,还得挺着劲儿,站在街上得像个样子!要饭的花子有时不饿也弯着腰,假充饿了三天三夜;反之,巡警却不饱也得鼓起肚皮,假装刚吃完三大碗鸡丝面似的。花子装饿倒有点道理,我可就是想不出巡警假装酒足饭饱有什么理由来,我只觉得这真可笑。

人们都不满意巡警的对付事,抹稀泥。哼!抹稀泥自有它的理由。不过,在细说这个道理之前,我愿先说件极可怕的事。有了这件可怕的事,我再反回头来细说那些理由,仿佛就更顺当,更生动。好!就这样办啦。

七

应当有月亮,可是教黑云给遮住了,处处都是黑。我正在个僻静的地方巡夜。我的鞋上钉着铁掌,那时候每个巡警又须带着一把东洋刀,四下里鸦雀无声,听着我自己的铁掌与佩刀的声响,我感到寂寞无聊,而且几乎有点害怕。眼前忽然跑过一只猫,或忽然听见一声鸟叫,都教我觉得不是味儿,勉强着挺起胸来,可是心中总空空虚虚的,仿佛将有些什么不幸的事情在前面等着我。不完全是害怕,又不完全气粗胆壮,就那么怪不得劲的,手心上出了点凉汗。平日,我很有点胆量,什么看守死尸,什么独自看管一所脏房,都算不了一回事。不知为什么这一晚上我这样胆虚,心里越要耻笑自己,便越觉得不定哪里藏着点危险。我不便放快了脚步,可是心中急切的希望快回去,回到那有灯光与朋友的地方去。

忽然,我听见一排枪!我立定了,胆子反倒壮起来一点;真正的危险似乎倒可以治好了胆虚,惊疑不定才是恐惧的根源。我听着,像夜行的马竖起耳朵那样。又一排枪,又一排枪!没声了,我等着,听着,静寂得难堪。像看见闪电而等着雷声那样,我的心跳得很快。啪,啪,啪,啪,四面八方都响起来了!

我的胆气又渐渐的往下低落了。一排枪,我壮起气来;枪声太多了,真遇到危险了;我是个人,人怕死;我忽然的跑起来,跑了几步,猛的又立住,听一听,枪声越来越密,看不见什么,四下漆黑,只有枪声,不知为什么,不知在哪里,黑暗里只有我一个人,听着远处的枪响。往哪里跑?到底是什么事？应当想一想，又顾不得想；胆大也没用，没有主意就不会有胆量。还是跑吧，糊涂的乱动，总比呆立哆嗦着强。我跑，狂跑，手紧紧的握住佩刀。像受了惊的猫狗，不必想也知道往家里跑。我已忘了我是巡警，我得先回家看看我那没娘的孩子去，要是死就死在一处！

要跑到家，我得穿过好几条大街。刚到了头一条大街，我就晓得不容易再跑了。街上黑黑忽忽的人影，跑得很快，随跑随着放枪。乓！我知道那是些辫子兵。而我才刚剪了发不多日子。我很后悔我没像别人那样把头发盘起来，而是连根儿烂真正剪去了辫子。假若我能马上放下辫子来，虽然这些兵们平素很讨厌巡警，可是因为我有辫子或者不至于把枪口冲着我来。在他们眼中，没有辫子便是二毛子，该杀。我没有了这么条宝贝！我不敢再动，只能藏在黑影里，看事行事。兵们在路上跑，一队跟着一队，枪声不停。我不晓得他们是干什么呢？待一会儿，兵们好像是都过去了，我往外探了探头，见外面没有什么动静，我就像一只夜鸟儿似的飞过了马路，到了街的另一边。在这极快的穿过马路的一会儿里，我的眼梢撩着一点红光。十字街头起了火。我还藏在黑影里，不久，火光远远的照亮了一片；再探头往外看，我已可以影影抄抄的看到十字街口，所有四面把角的铺户已全烧起来，火影中那些兵们来回的奔跑，放着枪。我明白了，这是兵变。不久，火光更多了，一处接着一处，由光亮的距离我可以断定：凡是附近的十字口与丁字街全烧了起来。

说句该挨嘴巴的话，火是真好看！远处，漆黑的天上，忽然一白，紧跟着又黑了。忽然又一白，猛的冒起一个红团，有一块天像烧红的铁板,红得可怕。在红光里看见了多少股黑烟,和火舌们高低不齐的往上冒,一会儿烟遮住了火苗;一会儿火苗冲破了黑烟。黑烟滚着,转着,千变万化的往上升,凝成一片,罩住下面的火光,像浓雾掩住了夕阳。待一会儿,火光明亮了一些,烟也改成灰白色儿,纯净,旺炽,火苗不多,而光亮结成一片,照明了半个天。那近处的,烟与火中带着种种的响声,烟往高处起,火往四下里奔;烟像些丑恶的黑龙,火像些乱长乱钻的红铁笋。烟裹着火,火裹着烟,卷起多高,忽然离散,黑烟里落下无数的火花,或者三五个极大的火团。火花火团落下,烟像痛快轻松了一些,翻滚着向上冒。火团下降,在半空中遇到下面的火柱,又狂喜的往上跳跃,炸出无数火花。火团远落,遇到可以燃烧的东西,整个的再点起一把新火,新烟掩住旧火,一时变为黑暗;新火冲出了黑烟,与旧火联成一气,处处是火舌,火柱,飞舞,吐动,摇摆,癫狂。忽然哗啦一声,一架房倒下去,火星,焦炭,尘土,白烟,一齐飞扬,火苗压在下面,一齐在底下往横里吐射,像千百条探头吐舌的火蛇。静寂,静寂,火蛇慢慢的,忍耐的,往上翻。绕到上边来,与高处的火接到一处,通明,纯亮,忽忽的响着,要把人的心全照亮了似的。

我看着,不,不但看着,我还闻着呢!在种种不同的味道里,我咂摸着;这是那个金匾黑字的绸缎庄,那是那个山西人开的油酒店。由这些味道,我认识了那些不同的火团,轻而高飞的一定是茶叶铺的,迟笨黑暗的一定是布店的。这些买卖都不是我的,可是我都认得,闻着它们火葬的气味,看着它们火团的起落,我说不上来心中怎样难过。

我看着，闻着，难过，我忘了自己的危险，我仿佛是个不懂事的小孩，只顾了看热闹，而忘了别的一切。我的牙打得很响，不是为自己害怕，而是对这奇惨的美丽动了心。

回家是没希望了。我不知道街上一共有多少兵，可是由各处的火光猜度起来，大概是热闹的街口都有他们。他们的目的是抢劫，可是顺着手儿已经烧了这么多铺户，焉知不就棍打腿的杀些人玩玩呢？我这剪了发的巡警在他们眼中还不和个臭虫一样，只须一搂枪机就完了，并不费多少事。

想到这个，我打算回到"区"里去，"区"离我不算远，只须再过一条街就行了。可是，连这个也太晚了。当枪声初起的时候，连贫带富，家家关了门；街上除了那些横行的兵们，简直成了个死城。及至火一起来，铺户里的人们开始在火影里奔走，胆大一些的立在街旁，看着自己的或别人的店铺燃烧，没人敢去救火，可也舍不得走开，只那么一声不出的看着火苗乱窜。胆小一些的呢，争着往胡同里藏躲，三五成群的藏在巷内，不时向街上探探头，没人出声，大家都哆嗦着。火越烧越旺了，枪声慢慢的稀少下来，胡同里的住户仿佛已猜到是怎么一回事，最先是有人开门向外望望，然后有人试着步往街上走。街上，只有火光人影，没有巡警，被兵们抢过的当铺与首饰店全大敞着门！……这样的街市教人们害怕，同时也教人们胆大起来；一条没有巡警的街正像是没有老师的学房，多么老实的孩子也要闹哄哄。一家开门，家家开门，街上人多起来；铺户已有被抢过的了，跟着抢吧！平日，谁能想到那些良善守法的人民会去抢劫呢？哼！机会一到，人们立刻显露了原形。说声抢，壮实的小伙子们首先进了当铺，金店，钟表行。

男人们回去一趟,第二趟出来已搀夹上女人和孩子们。被兵们抢过的铺子自然不必费事,进去随便拿就是了;可是紧跟着那些尚未被抢过的铺户的门也拦不住谁了。粮食店,茶叶铺,百货店,什么东西也是好的,门板一律砸开。

我一辈子只看见了这么一回大热闹:男女老幼喊着叫着,狂跑着,拥挤着,争吵着,砸门的砸门,喊叫的喊叫,嗑喳!门板倒下去,一窝蜂似的跑进去,乱挤乱抓,压倒在地的狂号,身体利落的往柜台上蹿,全红着眼,全拼着命,全奋勇前进,挤成一团,倒成一片,散走全街。背着,抱着,扛着,曳着,像一片战胜的蚂蚁,昂首疾走,去而复归,呼妻唤子,前呼后应。

苦人当然出来了,哼!那中等人家也不甘落后呀!

贵重的东西先搬完了,煤米柴炭是第二拨。有的整坛的搬着香油,有的独自扛着两口袋面,瓶子罐子碎了一街,米面洒满了便道,抢啊!抢啊!抢啊!谁都恨自己只长了一双手,谁都嫌自己的腿脚太慢;有的人会推着一坛子白糖,连人带坛在地上滚,像屎壳郎推着个大粪球。

强中自有强中手,人是到处会用脑子的!有人拿出切菜刀来了,立在巷口等着:"放下!"刀晃了晃。口袋或衣服,放下了;安然的,不费力的,拿回家去。"放下!"不灵验,刀下去了,把面口袋砍破,下了一阵小雪,二人滚在一团。过路的急走,捎带着说了句:"打什么,有的是东西!"两位明白过来,立起来向街头跑去。抢啊,抢啊!有的是东西!

我挤在了一群买卖人的中间,藏在黑影里。我并没说什么,他们似乎很明白我的困难,大家一声不出,而紧紧的把我包围住。不要说我还是个巡警,连他们买卖人也不敢抬起头来。他们无法去保护他们的财产与货物,谁敢出头抵抗谁就是不要命,兵们有枪,人民也有切菜刀呀!是的,他们低着头,好像倒怪羞惭似的。他们唯恐和抢劫的人们——也就是他们平日的照顾主儿——对了脸,羞恼成怒,在这没有王法的时候,杀几个买卖人总不算一回事呢!所以,他们也保护着我。想想看吧,这一带的居民大概不会不认识我吧!我三天两头的到这里来巡逻。平日,他们在墙根撒尿,我都要讨他们的厌,上前干涉;他们怎能不恨恶我呢!现在大家正在兴高采烈的白拿东西,要是遇见我,他们一人给我一砖头,我也就活不成了。即使他们不认识我,反正我是穿着制服,佩着东洋刀呀!在这个局面下,冒而咕咚的出来个巡警,够多么不合适呢!我满可以上前去道歉,说我不该这么冒失,他们能白白的饶了我吗?

街上忽然清静了一些,便道上的人纷纷往胡同里跑,马路当中走着七零八散的兵,都走得很慢;我摘下帽子,从一个学徒的肩上往外看了一眼,看见一位兵士,手里提着一串东西,像一串儿螃蟹似的。我能想到那是一串金银的镯子。他身上还有多少东西,不晓得,不过一定有许多硬货,因为他走得很慢。多么自然,多么可羡慕呢!自自然然的,提着一串镯子,在马路中心缓缓的走,有烧亮的铺户作着巨大的火把,给他们照亮了全城!

兵过去了,人们又由胡同里钻出来。东西已抢得差不多了,大家开始搬铺户的门板,有的去摘门上的匾额。我在报纸上常看见"彻底"这两个字,咱们的良民们打抢的时候才真正彻底呢!

这时候，铺户的人们才有出头喊叫的："救火呀！救火呀！别等着烧净了呀！"喊得教人一听见就要落泪！我身旁的人们开始活动。我怎么办呢？他们要是都去救火，剩下我这一个巡警，往哪儿跑呢？我拉住了一个屠户！他脱给了我那件满是猪油的大衫。把帽子夹在胳肢窝底下。一手握着佩刀，一手揪着大襟，我擦着墙根，逃回"区"里去。

八

我没去抢，人家所抢的又不是我的东西，这回事简直可以说和我不相干。可是，我看见了，也就明白了。明白了什么？我不会干脆的，恰当的，用一半句话说出来；我明白了点什么意思，这点意思教我几乎改变了点脾气。丢老婆是一件永远忘不了的事，现在它有了伴儿，我也永远忘不了这次的兵变。丢老婆是我自己的事，只须记在我的心里，用不着把家事国事天下事全拉扯上。这次的变乱是多少万人的事，只要我想一想，我便想到大家，想到全城，简直的我可以用这回事去断定许多的大事，就好像报纸上那样谈论这个问题那个问题似的。对了，我找到了一句漂亮的了。这件事教我看出一点意思，由这点意思我咂摸着许多问题。不管别人听得懂这句与否，我可真觉得它不坏。

我说过了：自从我的妻潜逃之后，我心中有了个空儿。经过这回兵变，那个空儿更大了一些，松松通通的能容下许多玩艺儿。还接着说兵变的事吧！把它说完全了，你也就可以明白我心中的空儿为什么大起来了。

当我回到宿舍的时候，大家还全没睡呢。不睡是当然的，可是，大家一点也不显着着急或恐慌，吸烟的吸烟，喝茶的喝茶，就好像有红白事熬夜那样。我的狼狈的样子，不但没引起大家的同情，倒招得他们直笑。我本排着一肚子话要向大家说，一看这个样子也就不必再言语了。我想去睡，可是被排长给拦住了："别睡！待一会儿，天一亮，咱们全得出去弹压地面！"这该轮到我发笑了；街上烧抢到那个样子，并不见一个巡警，等到天亮再去弹压地面，岂不是天大的笑话！命令是命令，我只好等到天亮吧！

还没到天亮，我已经打听出来：原来高级警官们都预先知道兵变的事儿，可是不便于告诉下级警官和巡警们。这就是说，兵变是警察们管不了的事，要变就变吧；下级警官和巡警们呢，夜间糊糊涂涂的照常去巡逻站岗，是生是死随他们去！这个主意够多么活动而毒辣呢！再看巡警们呢，全和我自己一样，听见枪声就往回跑，谁也不傻。这样巡警正好对得起这样警官，自上而下全是瞎打混的当"差事"，一点不假！

虽然很要困，我可是急于想到街上去看看，夜间那一些情景还都在我的心里，我愿白天再去看一眼，好比较比较，教我心中这张画儿有头有尾。天亮得似乎很慢，也许是我心中太急。天到底慢慢的亮起来，我们排上队。我又要笑，有的人居然把盘起来的辫子梳好了放下来，巡长们也作为没看见。有的人在快要排队的时候，还细细刷了刷制服，用布擦亮了皮鞋！街上有那么大的损失，还有人顾得擦亮了鞋呢。我怎能不笑呢！

到了街上，我无论如何也笑不出了！从前，我没真明白过什么叫作"惨",这回才真晓得了。天上还有几颗懒得下去的大星,云色在灰白中稍微带出些蓝,清凉,暗淡。到处是焦糊的气味,空中游动着一些白烟。铺户全敞着门,没有一个整窗子,大人和小徒弟都在门口,或坐或立,谁也不出声,也不动手收拾什么,像一群没有主儿的傻羊。火已经停止住延烧,可是已被烧残的地方还静静的冒着白烟,吐着细小而明亮的火苗。微风一吹,那烧焦的房柱忽然又亮起来,顺着风摆开一些小火旗。最初起火的几家已成了几个巨大的焦土堆,山墙没有倒,空空的围抱着几座冒烟的坟头。最后燃烧的地方还都立着,墙与前脸全没塌倒,可是门窗一律烧掉,成了些黑洞。有一只猫还在这样的一家门口坐着,被烟熏的连连打嚏,可是还不肯离开那里。

　　平日最热闹体面的街口变成了一片焦木头破瓦,成群的焦柱静静的立着,东西南北都是这样,懒懒的,无聊的,欲罢不能的冒着些烟。地狱什么样?我不知道。大概这就差不多吧!我一低头,便想起往日街头上的景象,那些体面的铺户是多么华丽可爱。一抬头,眼前只剩了焦糊的那么一片。心中记得的景象与眼前看见的忽然碰到一处,碰出一些泪来。这就叫作"惨"吧?火场外有许多买卖人与学徒们呆呆的立着,手揣在袖里,对着残火发愣。遇见我们,他们只淡淡的看那么一眼,没有任何别的表示,仿佛他们已绝了望,用不着再动什么感情。

　　过了这一带火场,铺户全敞着门窗,没有一点动静,便道上马路上全是破碎的东西,比那火场更加凄惨。火场的样子教人一看便知道那是遭了火灾,这一片破碎静寂的铺户与东西使人莫名其妙，不晓得为什么繁华的街市会忽然变成绝大的垃圾堆。我就被派在这里站岗。我的责任是什么呢？不知道。我规规矩矩的立在那里，连动也不敢动，这破烂的街市仿佛有一股凉气，把我吸住。一些妇女和小孩子还在铺子外边拾取一些破东西，铺子的人不作声，我也不便去管；我觉得站在那里简直是多此一举。

太阳出来，街上显着更破了，像阳光下的叫化子那么丑陋。地上的每一个小物件都露出颜色与形状来，花哨的奇怪，杂乱得使人憋气。没有一个卖菜的，赶早市的，卖早点心的，没有一辆洋车，一匹马，整个的街上就是那么破破烂烂，冷冷清清，连刚出来的太阳都仿佛垂头丧气不大起劲，空空洞洞的悬在天上。一个邮差从我身旁走过去，低着头，身后扯着一条长影。我哆嗦了一下。

待了一会儿，段上的巡官下来了。他身后跟着一名巡警，两人都非常的精神在马路当中当当的走，好像得了什么喜事似的。巡官告诉我：注意街上的秩序，大令已经下来了！我行了礼，莫名其妙他说的是什么？那名巡警似乎看出来我的傻气，低声找补了一句：赶开那些拾东西的，大令下来了！我没心思去执行，可是不敢公然违抗命令，我走到铺户外边，向那些妇人孩子们摆了摆手，我说不出话来！

一边这样维持秩序，我一边往猪肉铺走，为是说一声，那件大褂等我给洗好了再送来。屠户在小肉铺门口坐着呢，我没想到这样的小铺也会遭抢，可是竟自成个空铺子了。我说了句什么，屠户连头也没抬。我往铺子里望了望：大小肉墩子，肉钩子，钱筒子，油盘，凡是能拿走的吧，都被人家拿走了，只剩下了柜台和架肉案子的土台！

我又回到岗位，我的头痛得要裂。要是老教我看着这条街，我知道不久就会疯了。

大令真到了。十二名兵，一个长官，捧着就地正法的令牌，枪全上着刺刀。呕！原来还是辫子兵啊！他们抢完烧完，再出来就地正法别人；什么玩艺呢？我还得给令牌行礼呀！

行完礼，我急快往四下里看，看看还有没有捡拾零碎东西的人，好警告他们一声。连屠户的木墩都搬了走的人民，本来值不得同情；可是被辫子兵们杀掉，似乎又太冤枉。

说时迟，那时快，一个十四五岁的男孩子没有走脱。枪刺围住了他，他手中还攥住一块木板与一只旧鞋。拉倒了，大刀亮出来，孩子喊了声"妈！"，血溅出去多远，身子还抽动，头已悬在电线杆子上！

我连吐口唾沫的力量都没有了，天地都在我眼前翻转。杀人，看见过，我不怕。我是不平！我是不平！请记住这句，这就是前面所说过的，"我看出一点意思"的那点意思。想想看，把整串的金银镯子提回营去，而后出来杀个拾了双破鞋的孩子，还说就地正"法"呢！天下要有这个"法"，我×"法"的亲娘祖奶奶！请原谅我的嘴这么野，但是这种事恐怕也不大文明吧？

事后，我听人家说，这次的兵变是有什么政治作用，所以打抢的兵在事后还出来弹压地面。连头带尾，一切都是预先想好了的。什么政治作用？咱不懂！咱只想再骂街。可是，就凭咱这么个"臭脚巡"，骂街又有什么用呢！

九

简直我不愿再提这回事了,不过为圆上场面,我总得把问题提出来;提出来放在这里,比我聪明的人有的是,让他们自己去细哑摸吧!

怎么会"政治作用"里有兵变?

若是有意教兵来抢,当初干吗要巡警?

巡警到底是干吗的?是只管在街上小便的,而不管抢铺子的吗?

安善良民要是会打抢,巡警干吗去专拿小偷?

人们到底愿意要巡警不愿意?不愿意吧!为什么刚要打架就喊巡警,而且月月往外拿"警捐"?愿意吧!为什么又喜欢巡警不管事:要抢的好去抢,被抢的也一声不言语?

好吧,我只提出这么几个"样子"来吧!问题还多得很呢!我既不能去解决,也就不便再瞎叨叨了。这几个"样子"就真够教我糊涂的了,怎想怎不对,怎摸不清哪里是哪里,一会儿它有头有尾,一会儿又没头没尾,我这点聪明不够想这么大的事的。

我只能说这么一句老话,这个人民,连官儿,兵丁,巡警,带安善的良民,都"不够本"!所以,我心中的空儿就更大了呀!在这群"不够本"的人们里活着,就是个对付劲儿,别讲究什么"真"事儿,我算是看明白了。

还有个好字眼儿,别忘下:"汤儿事"。谁要是跟我一样,想不出什么好办法来,顶好用这个话,又现成,又恰当,而且可以不至把自己绕糊涂了。"汤儿事",完了;如若还嫌稍微秃一点呢,再补上"真他妈的",就挺合适。

十

不须再发什么议论,大概谁也能看清楚咱们国的人是怎回事了。由这个再谈到警察,稀松二五眼正是理之当然,一点也不出奇。就拿抓赌来说吧:早年间的赌局都是由顶有字号的人物作后台老板;不但官面上不能够抄拿,就是出了人命也没有什么了不得的;赌局里打死人是常有的事。赶到有了巡警之后,赌局还照旧开着,敢去抄吗?这谁也能明白,不必我说。可是,不抄吧,又太不像话;怎么办呢?有主意,检着那老实的办几案,拿几个老头儿老太太,抄去几打儿纸牌,罚上十头八块的。巡警呢,算交上了差事;社会上呢,大小也有个风声,行了。拿这一件事比方十件事,警察自从一开头就是抹稀泥。它养着一群混饭吃的人,作些个混饭吃的事。社会上既不需要真正的巡警,巡警也犯不上为六块钱卖命。这很清楚。

这次兵变过后,我们的困难增多了老些。年轻的小伙子们,抢着了不少的东西,总算发了邪财。有的穿着两件马褂,有的十个手指头戴着十个戒指,都扬扬得意的在街上扭,斜眼看着巡警,鼻子里哽哽的哼白气。我只好低下头去,本来吗,那么大的阵式,我们巡警都一声没出,事后还能怨人家小看我们吗?赌局到处都是,白抢来的钱,输光了也不折本儿呀!我们不敢去抄,想抄也抄不过来,大多了。我们在墙儿外听见人家里面喊"人九","对子",只作为没听见,轻轻的走过去。反正人们在院儿里头耍,不到街上来就行。哼!人们连这点面子也不给咱们留呀!那穿两件马褂的小伙子们偏要显出一点也不怕巡警——他们的祖父,爸爸,就没怕过巡警,也没见过巡警,他们为什么这辈子应当受巡警的气呢?——单要来到街上赌一场。有骰子就能开宝,蹲在地上就玩起活来。有一对石球就能踢,两人也行,五个人也行。"一毛钱一脚,踢不踢?好啦!'倒回来!'"啪,球碰了球,一毛。耍儿真不小呢,一点钟里也过手好几块。这都在我们鼻子底下,我们管不管呢?管吧!一个人,只佩着连豆腐也切不齐的刀,而赌家老是一帮年轻的小伙子。明人不吃眼前亏,巡警得绕着道儿走过去,不管的为是。可是,不幸,遇见了稽察:"你难道瞎了眼,看不见他们聚赌?"回去,至轻是记一过。这份儿委屈上哪儿诉去呢?

这样的事还多得很呢!以我自己说,我要不是佩着那么把破刀,而是拿着把手枪,跟谁我也敢碰碰,六块钱的饷银自然合不着卖命,可是泥人也有个土性,架不住碰在气头儿上。可是,我摸不着手枪,枪在土匪和大兵手里呢。

明明看见了大兵坐了车不给钱,而且用皮带抽洋车夫,我不敢不笑着把他劝了走。他有枪,他敢放,打死个巡警算得了什么呢!有一年,在三等窑子里,大兵们打死了我们三位弟兄,我们连凶首也没要出来。三位弟兄白白的死了,没有一个抵偿的,连一个挨几十军棍的也没有!他们的枪随便放,我们赤手空拳,我们这是文明事儿呀!

总而言之吧,在这么个以蛮横不讲理为荣,以破坏秩序为增光耀祖的社会里,巡警简直是多余。明白了这个,再加上我们前面所说过的食不饱力不足那一套,大概谁也能明白个八九成了。我们不抹稀泥,怎么办呢?我——我是个巡警——并不求谁原谅,我只是愿意这么说出来,心明眼亮,好教大家心里有个谱儿。

爽性我把最泄气的也说了吧:

当过了一二年差事,我在弟兄们中间已经是个了不得的人物。遇见官事,长官们总教我去挡头一阵。弟兄们并不因此而忌妒我,因为对大家的私事我也不走在后边。这样,每逢出个排长的缺,大家总对我咕唧:"这回一定是你补缺了!"仿佛他们非常希望要我这么个排长似的。虽然排长并没落在我身上,可是我的才干是大家知道的。

我的办事诀窍,就是从前面那一大堆话中抽出来的。比方说吧,有人来报被窃,巡长和我就去察看。糙糙的把门窗户院看一过儿,顺口搭音就把我们在哪儿有岗位,夜里有几趟巡逻,都说得详详细细,有滋有味,仿佛我们比谁都精细,都卖力气,然后,找门窗不甚严密的地方,话软而意思硬的开始反攻:"这扇门可不大保险,得安把洋锁吧?告诉你,安锁要往下安,门坎那溜儿就很好,不容易教贼摸到。屋里养着条小狗也是办法,狗圈在屋里,不管是多么小,有动静就会汪汪,比院里放着三条大狗还有用。先生你看,我们多留点神,你自己也得注点意,两下一凑合,准保丢不了东西了。好吧,我们回去,多派几名下夜的就是了;先生歇着吧!"这一套,把我们的责任卸了,他就赶紧得安锁养小狗;遇见和气的主儿呢,还许给我们泡壶茶喝。这就是我的本事。怎么不负责任,而且不教人看出抹稀泥来,我就怎办。话要说得好听,甜嘴蜜舌的把责任全推到一边去,准保不招灾不惹祸。弟兄们都会这一套,可是他们的嘴与神气差着点劲儿。一句话有多少种说法,把神气弄对了地方,话就能说出去又拉回来,像有弹簧似的。这点,我比他们强,而且他们还是学不了去,这是天生来的才分!

赶到我独自下夜,遇见贼,你猜我怎么办?我呀!把佩刀攥在手里,省得有响声;他爬他的墙,我走我的路,各不相扰。好吗,真要教他记恨上我,藏在黑影儿里给我一砖,我受得了吗?那谁,傻王九,不是瞎了一只眼吗?他还不是为拿贼呢!有一天,他和董志和在街口上强迫给人们剪发,一人手里一把剪刀,见着带小辫的,拉过来就是一剪子。哼!教人家记上了。等傻王九走单了的时候,人家照准了他的眼就是一把石灰:"让你剪我的发,×你妈妈的!"他的眼就那么瞎了一只。你说,这差事要不像我那么去当,还活着不活着呢?凡是巡警们以为该干涉的,人们都以为是"狗拿耗子多管闲事",有什么法子呢?

我不能像傻王九似的,平白无故的丢去一只眼睛,我还留着眼睛看这个世界呢!轻手蹑脚的躲开贼,我的心里并没闲着,我想我那俩没娘的孩子,我算计这一个月的嚼谷。也许有人一五一十的算计,而用洋钱作单位吧?我呀,得一个铜子一个铜子的算。多几个铜子,我心里就宽绰;少几个,我就得发愁。还拿贼,谁不穷呢?穷到无路可走,谁也会去偷,肚子才不管什么叫作体面呢!

十一

这次兵变过后,又有一次大的变动:大清国改为中华民国了。改朝换代是不容易遇上的，我可是并没觉得这有什么意思。说真的，这百年不遇的事情，还不如兵变热闹呢。据说，一改民国，凡事就由人民主管了；可是我没看见。我还是巡警，饷银没有增加，天天出来进去还是那一套。原先我受别人的气，现在我还是受气；原先大官儿们的车夫仆人欺负我们，现在新官儿手底下的人也并不和气。"汤儿事"还是"汤儿事"，倒不因为改朝换代有什么改变。可也别说，街上剪发的人比从前多了一些，总得算作一点进步吧。牌九押宝慢慢的也少起来，贫富人家都玩"麻将"了，我们还是照样的不敢去抄赌，可是赌具不能不算改了良，文明了一些。

民国的民倒不怎样，民国的官和兵可了不得！像雨后的蘑菇似的，不知道哪儿来的这么些官和兵。官和兵本不当放在一块儿说，可是他们的确有些相像的地方。昨天还一脚黄土泥，今天作了官或当了兵，立刻就瞪眼；越糊涂，眼越瞪得大，好像是糊涂灯，糊涂得透亮儿。这群糊涂玩艺儿听不懂哪叫好话，哪叫歹话，无论你说什么；他们总是横着来。他们糊涂得教人替他们难过，可是他们很得意。有时候他们教我都这么想了：我这辈大概作不了文官或是武官啦！因为我糊涂的不够程度！

几乎是个官儿就可以要几名巡警来给看门护院，我们成了一种保镖的，挣着公家的钱，可为私人作事。我便被派到宅门里去。从道理上说，为官员看守私宅简直不能算作差事；从实利上讲，巡警们可都愿意这么被派出来。我一被派出来，就拔升为"三等警"；"招募警"还没有被派出来的资格呢！我到这时候才算入了"等"。再说呢，宅门的事情清闲，除了站门,守夜,没有别的事可作;至少一年可以省出一双皮鞋来。事情少,而且外带着没有危险;宅里的老爷与太太若打起架来,用不着我们去劝,自然也就不会把我们打在底下而受点误伤。巡夜呢,不过是绕着宅子走两圈,准保遇不上贼;墙高狗厉害,小贼不能来,大贼不便于来——大贼找退职的官儿去偷,既有油水,又不至于引起官面严拿;他们不惹有势力的现任官。在这里,不但用不着去抄赌,我们反倒保护着老爷太太们打麻将。遇到宅里请客玩牌,我们就更清闲自在:宅门外放着一片车马,宅里到处亮如白昼,仆人来往如梭,两三桌麻将,四五盏烟灯,彻夜的闹哄,绝不会闹贼,我们就睡大觉,等天亮散局的时候,我们再出来站门行礼,给老爷们助威。要赶上宅里有红白事,我们就更合适:喜事唱戏,我们跟着白听戏,准保都是有名的角色,在戏园子里绝听不到这么齐全。丧事呢,虽然没戏可听,可是死人不能一半天就抬出去,至少也得停三四十天,念好几棚经;好了,我们就跟着吃吧;他们死人,咱们就吃犒劳。怕就怕死小孩,既不能开吊,又得听着大家呕呕的真哭。其次是怕小姐偷偷跑了,或姨太太有了什么大错而被休出去,我们捞不着吃喝看戏,还得替老爷太太们怪不得劲儿的!

教我特别高兴的,是当这路差事,出入也随便了许多,我可以常常回家看看孩子们。在"区"里或"段"上,请会儿浮假都好不容易,因为无论是在"内勤"或"外勤",工作是刻板儿排好了的,不易调换更动。在宅门里,我站完门便没了我的事,只须对弟兄们说一声就可以走半天。这点好处常常教我害怕,怕再调回"区"里去;我的孩子们没有娘,还不多教他们看看父亲吗？

就是我不出去，也还有好处。我的身上既永远不疲乏，心里又没多少事儿，闲着干什么呢？我呀，宅上有的是报纸，闲着就打头到底的念。大报小报，新闻社论，明白吧不明白吧，我全念，老念。这个，帮助我不少，我多知道了许多的事，多识了许多的字。有许多字到如今我还念不出来，可是看惯了，我会猜出它们的意思来，就好像街面上常见着的人，虽然叫不上姓名来，可是彼此怪面善。除了报纸，我还满世界去借闲书看。不过，比较起来，还是念报纸的益处大，事情多，字眼儿杂，看着开心。唯其事多字多，所以才费劲；念到我不能明白的地方，我只好再拿起闲书来了。闲书老是那一套，看了上回，猜也会猜到下回是什么事；正因为它这样，所以才不必费力，看着玩玩就算了。报纸开心，闲书散心，这是我的一点经验。

在门儿里可也有坏处：吃饭就第一成了问题。在"区"里或"段"上，我们的伙食钱是由饷银里坐地儿扣，好歹不拘，天天到时候就有饭吃。派到宅门里来呢，一共三五个人，绝不能找厨子包办伙食，没有厨子肯包这么小的买卖的。宅里的厨房呢，又不许我们用；人家老爷们要巡警，因为知道可以白使唤几个穿制服的人，并不大管这群人有肚子没有。我们怎办呢？自己起灶，作不到，买一堆盆碗锅勺，知道哪时就又被调了走呢？再说，人家门头上要巡警原为体面好看，好，我们若是给人家弄得盆朝天碗朝地，刀勺乱响，成何体统呢？没法子，只好买着吃。

这可够别扭的。手里若是有钱，不用说，买着吃是顶自由

我这一辈子

了，爱吃什么就叫什么，弄两盅酒儿伍的，叫俩可口的菜，岂不是个乐子？请别忘了，我可是一月才共总进六块钱！吃的苦还不算什么，一顿一顿想主意可真教人难过，想着想着我就要落泪。我要省钱，还得变个样儿，不能老啃干馍馍辣饼子，像填鸭子似的。省钱与可口简直永远不能碰到一块，想想钱，我认命吧，还是弄几个干烧饼，和一块老腌萝卜，对付一下吧；想到身子，似乎又不该如此。想，越想越难过，越不能决定；一直饿到太阳平西还没吃上午饭呢！

我家里还有孩子呢！我少吃一口，他们就可以多吃一口，谁不心疼孩子呢？吃着包饭，我无法少交钱；现在我可以自由的吃饭了，为什么不多给孩子们省出一点来呢？好吧，我有八个烧饼才够，就硬吃六个，多喝两碗开水，来个"水饱"！我怎能不落泪呢！

看看人家宅门里吧，老爷挣钱没数儿！是呀，只要一打听就能打听出来他拿多少薪俸，可是人家绝不指着那点固定的进项，就这么说吧，一月挣八百块的，若是干挣八百块，他怎能那么阔气呢？这里必定有文章。这个文章是这样的，你要是一月挣六块钱，你就死挣那个数儿，你兜儿里忽然多出一块钱来，都会有人斜眼看你，给你造些谣言。你要是能挣五百块，就绝不会死挣这个数儿，而且你的钱越多，人们越佩服你。这个文章似乎一点也不合理，可是它就是这么作出来的，你爱信不信！

报纸与宣讲所里常常提倡自由；事情要是等着提倡，当然是原来没有。我原没有自由；人家提倡了会子，自由还没来到我身上，可是我在宅门里看见它了。民国到底是有好处的，自己有自由没有吧，反正看见了也就得算开了眼。

你瞧，在大清国的时候，凡事都有个准谱儿；该穿蓝布大褂的就得穿蓝布大褂，有钱也不行。这个，大概就应叫作专制吧！一到民国来，宅门里可有了自由，只要有钱，你爱穿什么，吃什么，戴什么，都可以，没人敢管你。所以，为争自由，得拼命的去搂钱；搂钱也自由，因为民国没有御史。你要是没在大宅门待过，大概你还不信我的话呢，你去看看好了。现在的一个小官都比老年间的头品大员多享着点福：讲吃的，现在交通方便，山珍海味随便的吃，只要有钱。吃腻了这些还可以拿西餐洋酒换换口味；哪一朝的皇上大概也没吃过洋饭吧？讲穿的，讲戴的，讲看的听的，使的用的，都是如此；坐在屋里你可以享受全世界最好的东西。如今享福的人才真叫作享福，自然如今搂钱也比从前自由的多。别的我不敢说，我准知道宅门里的姨太太擦五十块钱一小盒的香粉，是由什么巴黎来的；巴黎在哪儿？我不知道，反正那里来的粉是很贵。我的邻居李四，把个胖小子卖了，才得到四十块钱，足见这香粉贵到什么地步了，一定是又细又香呀，一定！

好了，我不再说这个了；紧自贫嘴恶舌，倒好像我不赞成自由似的，那我哪敢呢！

我再从另一方面说几句，虽然还是话里套话，可是多少有点变化，好教人听着不俗气厌烦。刚才我说人家宅门里怎样自由，怎样阔气，谁可也别误会了人家作老爷的就整天的大把往外扔洋钱，老爷们才不这么傻呢！是呀，姨太太擦比一个小孩还贵的香粉，但是姨太太是姨太太，姨太太有姨太太的造化与本事。人家作老爷的给姨太太买那么贵的粉，正因为人家有地方可以抠出来。你就这么说吧，好比你作了老爷，我就能按着宅门的规矩告诉你许多诀窍：你的电灯，自来水，煤，电话，手纸，车马，天棚，家具，信封信纸，花草，都不用花钱；最后，你还可以白使唤几名巡警。这是规矩，你要不明白这个，你简直不配作老爷。告诉你一句到底的话吧，作老爷的要空着手儿来，满腔满馅的去，就好像刚惊蛰后的臭虫，来的时候是两张皮，一会儿就变成肚大腰圆，满兜儿血。这个比喻稍粗一点，意思可是不错。自由的搂钱，专制的省钱，两下里一合，你的姨太太就可以擦巴黎的香粉了。这句话也许说得太深奥了一些，随便吧！你爱懂不懂。

这可就该说到我自己了。按说，宅门里白使唤了咱们一年半载，到节了年了的，总该有个人心，给咱们哪怕是顿犒劳饭呢，也大小是个意思。哼！休想！人家作老爷的钱都留着给姨太太花呢，巡警算哪道货？等咱被调走的时候，求老爷给"区"里替我说句好话，咱都得感激不尽。

你看，命令下来，我被调到别处。我把铺盖卷打好，然后恭而敬之的去见宅上的老爷。看吧，人家那股子劲儿大了去啦！带理不理的，倒仿佛我偷了他点东西似的。我托咐了几句：求老爷顺便和"区"里说一声，我的差事当得不错。人家微微的一抬眼皮，连个屁都懒得放。我只好退出来了，人家连个拉铺盖的车钱也不给；我得自己把它扛了走。这就是他妈的差事，这就是他妈的人情！

十二

机关和宅门里的要人越来越多了。我们另成立了警卫队，一共有五百人，专作那义务保镖的事。为是显出我们真能保卫老爷们，我们每人有一杆洋枪，和几排子弹。对于洋枪——这些洋枪——我一点也不感觉兴趣；它又沉，又老，又破，我摸不清这是由哪里找来的一些专为压人肩膀，而一点别的用处没有的玩艺儿。我的子弹老在腰间围着，永远不准往枪里搁；到了什么大难临头，老爷们都逃走了的时候，我们才安上刺刀。

这可并非是说，我可以完全不管那枝破家伙；它虽然是那么破，我可得给它支使着。枪身里外，连刺刀，都得天天擦；即使永远擦不亮，我的手可不能闲着。心到神知！再说，有了枪，身上也就多了些玩艺儿，皮带，刺刀鞘，子弹袋子，全得弄得利落抹腻，不能像猪八戒挎腰刀那么懈懈松松的，还得打裹腿呢！

多出这么些事来，肩膀上添了七八斤的分量，我多挣了一块钱；现在我是一个月挣七块大洋了，感谢天地！

七块钱，扛枪，打裹腿，站门，我干了三年多。由这个宅门串到那个宅门，由这个衙门调到那个衙门；老爷们出来，我行礼；老爷进去，我行礼。这就是我的差事。这种差事才毁人呢：你说没事作吧，又有事；说有事作吧，又没事。还不如上街站岗去呢。在街上，至少得管点事，用用心思。在宅门或衙门，简直永远不用费什么一点脑子。赶到在闲散的衙门或汤儿事的宅子里，连站门的时候都满可以随便，挂着枪立着也行，抱着枪打盹也行。这样的差事教人不起一点儿劲，它生生的把人耗疲了。一个当仆人的可以有个盼望，哪儿的事情甜就想往哪儿去，我们当这份儿差事，明知一点好来头没有，可是就那么一天天的穷耗，耗得连自己都看不起了自己。按说，这么空闲无事，就应当吃得白白胖胖，也总算个体面呀。哼！我们并蹲不出膘儿来。我们一天老绕着那七块钱打算盘，穷得揪心。心要是揪上，还怎么会发胖呢？以我自己说吧，我的孩子已到上学的年岁了，我能不教他去吗？上学就得花钱，古今一理，不算出奇，可是我上哪里找这份钱去呢？作官的可以白占许多许多便宜，当巡警的连孩子白念书的地方也没有。上私塾吧，学费节礼，书籍笔墨，都是钱。上学校吧，制服，手工材料，种种本子，比上私塾还费的多。再说，孩子们在家里，饿了可以掰一块窝窝头吃；一上学，就得给点心钱，即使咱们肯教他揣着块窝窝头去，他自己肯吗？小孩的脸是更容易红起来的。

我简直没办法。这么大个活人，就会干瞪着眼睛看自己的儿女在家里荒荒着！我这辈无望了，难道我的儿女应当更不济吗？看着人家宅门的小姐少爷去上学，喝！车接车送，到门口还有老妈子丫环来接书包，抱进去，手里拿着橘子苹果，和新鲜的玩具。人家的孩子这样，咱的孩子那样；孩子不都是将来的国民吗？我真想辞差不干了。我愣当仆人去，弄俩零钱，好教我的孩子上学。

可是人就是别入了辙，入到哪条辙上便一辈子拔不出腿来。当了几年的差事——虽然是这样的差事——我事事入了辙，这里有朋友，有说有笑，有经验，它不教我起劲，可是我也仿佛不大能狠心的离开它。再说，一个人的虚荣心每每比金钱还有力量，当惯了差，总以为去当仆人是往下走一步，虽然可以多挣些钱。这可笑，很可笑，可是人就是这么个玩艺儿。我一跟朋友们说这个，大家都摇头。有的说，大家混的都很好的，干吗去改行？有的说，这山望着那山高，咱们这些苦人干什么也发不了财,先忍着吧!有的说,人家中学毕业生还有当"招募警"的呢,咱们有这个差事当,就算不错;何必呢?连巡官都对我说了:好歹混着吧,这是差事;凭你的本事,日后总有升腾!大家这么一说,我的心更活了,仿佛我要是固执起来,倒不大对得住朋友似的。好吧,还往下混吧。小孩念书的事呢?没有下文!

不久,我可有了个好机会。有位冯大人哪,官职大得很,一要就要十二名警卫;四名看门,四名送信跑道,四名作跟随。这四名跟随得会骑马。那时候,汽车还没出世,大官们都讲究坐大马车。在前清的时候,大官坐轿或坐车,不是前有顶马,后有跟班吗?这位冯大人愿意恢复这点官威,马车后得有四名带枪的警卫。敢情会骑马的人不好找,找遍了全警卫队,才找到了三个;三条腿不大像话,连巡官都急得直抓脑袋。我看出便宜来了:骑马,自然得有粮钱哪!为我的小孩念书起见,我得冒下子险,假如从马粮钱里能弄出块儿八毛的来,孩子至少也可以去私塾了。按说,这个心眼不甚好,可是我这是卖着命,我并不会骑马呀!我告诉了巡官,我愿意去。他问我会骑马不会?我没说我会,也没说我不会;他呢,反正找不到别人,也就没究根儿。

有胆子,天下便没难事。当我头一次和马见面的时候,我就合计好了:摔死呢,孩子们入孤儿院,不见得比在家里坏;摔不死呢,好,孩子们可以念书去了。这么一来,我就先不怕马了。我不怕它,它就得怕我,天下的事不都是如此吗?再说呢,我的腿脚利落,心里又灵,跟那三位会骑马的瞎扯巴了一会儿,我已经把骑马的招数知道了不少。找了匹老实的,我试了试,我手心里攥着把汗,可是硬说我有了把握。头几天,我的罪过真不小,浑身像散了一般,屁股上见了血。我咬了牙。等到伤好了,我的胆子更大起来,而且觉出来骑马的快乐。跑,跑,车多快,我多快,我算是治服了一种动物!

我把马治服了,可是没把粮草钱拿过来,我白冒了险。冯大人家中有十几匹马呢,另有看马的专人,没有我什么事。我几乎气病了。可是,不久我又高兴了:冯大人的官职是这么大,这么多,他简直没有回家吃饭的工夫,我们跟着他出去,一跑就是一天。他当然喽,到处都有饭吃,我们呢?我们四个人商议了一下,决定跟他交涉,他在哪里吃饭,也得有我们的。冯大人这个人心眼还不错,他很爱马,爱面子,爱手下的人。我们一对他说,他马上答应了。这个,可是个便宜。不用往多里说。我们要是一个月准能在外边白吃半个月的饭,我们不就省下半个月的饭钱吗?我高了兴!

冯大人,我说,很爱面子。当我们去见他交涉饭食的时候,他细细看了看我们。看了半天,他摇了摇头,自言自语地说:"这可不行!"我以为他是说我们四个人不行呢,敢情不是。他登时要笔墨,写了个条子:"拿这个见总队长去,教他三天内都办好!"把条子拿下来,我们看了看,原来是教队长给我们换制服:我们平常的制服是斜纹布的,冯大人现在教换呢子的;袖口,裤缝,和帽箍,一律要安金绦子。靴子也换,要过膝的马靴。枪要换上马枪,还另外给一人一把手枪。看完这个条子,连我们自己都觉得不合适:长官们才能穿呢衣,镶金绦,我们四个是巡警,怎能平白无故的穿上这一套呢?自然,我们不能去教冯大人收回条子去,可是我们也怪不好意思去见总队长。总队长要是不敢违抗冯大人,他满可以对我们四个人发发脾气呀!

你猜怎么着?总队长看了条子,连大气没出,照话而行,都给办了。你就说冯大人有多么大的势力吧!喝!我们四个人可抖起来了,真正细黑呢制服,镶着黄澄澄的金绦,过膝的黑皮长靴,靴后带着白亮亮的马刺,马枪背在背后,手枪挎在身旁,枪匣外搭拉着长杏黄穗子。简直可以这么说吧,全城的巡警的威风都教我们四个人给夺过来了。我们在街上走,站岗的巡警全都给我们行礼,以为我们是大官儿呢!

当我作裱糊匠的时候,稍微讲究一点的烧活,总得糊上匹菊花青的大马。现在我穿上这么抖的制服,我到马棚去挑了匹菊花青的马,这匹马非常的闹手,见了人是连啃带踢;我挑了它,因为我原先糊过这样的马,现在我得骑上匹活的;菊花青,多么好看呢!这匹马闹手,可是跑起来真作脸,头一低,嘴角吐着点白沫,长鬣像风吹着一垄春麦,小耳朵立着像俩小瓢儿;我只须一认镫,它就要飞起来。这一辈子,我没有过什么真正得意的事;骑上这匹菊花青大马,我必得说,我觉到了骄傲与得意!

按说,这回的差事总算过得去了,凭那一身衣裳与那匹马还不值得高高兴兴的混吗?哼!新制服还没穿过三个月,冯大人吹了台,警卫队也被解散;我又回去当三等警了。

十三

警卫队解散了。为什么?我不知道。我被调到总局里去当差,并且得了一面铜片的奖章,仿佛是说我在宅门里立下了什么功劳似的。在总局里,我有时候管户口册子,有时候管辅捐的账簿,有时候值班守大门,有时候看管军装库。这么两三年的工夫,我又把局子里的事情全明白了个大概。加上我以前在街面上,衙门口和宅门里的那些经验,我可以算作个百事通了,里里外外的事,没有我不晓得的。要提起警务,我是地道内行。可是一直到这个时候,当了十年的差,我才升到头等警,每月挣大洋九元。

  大家伙或者以为巡警都是站街的,年轻轻的好管闲事。其实,我们还有一大群人在区里局里藏着呢。假若有一天举行总检阅,你就可以看见些稀奇古怪的巡警:罗锅腰的,近视眼的,掉了牙的,瘸着腿的,无奇不有。这些怪物才真是巡警中的盐,他们都有资格有经验,识文断字,一切公文案件,一切办事的诀窍,都在他们手里呢。要是没有他们,街上的巡警就非乱了营不可。这些人,可是永远不会升腾起来;老给大家办事,一点起色也没有,平生连出头露面的体面一次都没有过。他们任劳任怨的办事,一直到他们老得动不了窝,老是头等警,挣九块大洋。多咱你在街上看见:穿着洗得很干净的灰布大褂,脚底下可还穿着巡警的皮鞋,用脚后跟慢慢的走,仿佛支使不动那双鞋似的,那就准是这路巡警。他们有时候也到大"酒缸"上,喝一个"碗酒",就着十几个花生豆儿,挺有规矩,一边往下咽那点辣水,一边叹着气。头发已经有些白的了,嘴巴儿可还刮得很光,猛看很像个太监。他们很规则,和蔼,会作事,他们连休息的时候还得穿着那双不得人心的鞋!

  跟这群人在一处办事,我长了不少的知识。可是,我也有点害怕:莫非我也就这样下去了吗?他们够多么可爱,又多么可怜呢!看着他们,我心中时常忽然凉那么一下,教我半天说不上话来。不错,我比他们都年岁小,也不见得比他们不精明,可是我有希望没有呢?年岁小?我也三十六了!

这几年在局子里可也有一样好处,我没受什么惊险。这几年,正是年年春秋准打仗的时期,旁人受的罪我先不说,单说巡警们就真够瞧的。一打仗,兵们就成了阎王爷,而巡警头朝了下!要粮,要车,要马,要人,要钱,全交派给巡警,慢一点送上去都不行。一说要烙饼一万斤,得,巡警就得挨着家去到切面铺和烙烧饼的地方给要大饼;饼烙得,还得押着清道夫给送到营里去;说不定还挨几个嘴巴回来!

要单是这么伺候着兵老爷们,也还好;不,兵老爷们还横反呢。凡是有巡警的地方,他们非捣乱不可,巡警们管吧不好,不管吧也不好,活受气。世上有糊涂人,我晓得;但是兵们的糊涂令我不解。他们只为逗一时的字号,完全不讲情理;不讲情理也罢,反正得自己别吃亏呀;不,他们连自己吃亏不吃亏都看不出来,你说天下哪里再找这么糊涂的人呢。就说我的表弟吧,他已当过十多年的兵,后来几年还老是排长,按说总该明白点事儿了。哼!那年打仗,他押着十几名俘虏往营里送。喝!他得意非常的在前面领着,仿佛是个皇上似的。他手下的弟兄都看出来,为什么不先解除了俘虏的武装呢?他可就是不这么办,拍着胸膛说一点错儿没有。走到半路上,后面响了枪,他登时就死在了街上。他是我的表弟,我还能盼着他死吗?可是这股子糊涂劲儿,教我也没法抱怨开枪打他的人。有这样一个例子,你也就能明白一点兵们是怎样的难对付了。你要是告诉他，汽车别往墙上开，好啦，他就非去碰碰不可，把他自己碰死倒可以，他就是不能听你的话。

在总局里几年，没别的好处，我算是躲开了战时的危险与受气。自然啰！一打仗，煤米柴炭都涨价儿，巡警们也随着大家一同受罪，不过我可以安坐在公事房里，不必出去对付大兵们，我就得知足。

可是，在局里我又怕一辈子就窝在那里，永没有出头之日，有人情，可以升腾起来；没人情而能在外边拿贼办案，也是个路子，我既没人情，又不到街面上去，打哪儿升高一步呢？我越想越发愁。

十四

到我四十岁那年，大运亨通，我补了巡长！我顾不得想已经当了多少年的差，卖了多少力气，和巡长才挣多少钱；都顾不得想了。我只觉得我的运气来了！

小孩子拾个破东西，就能高兴的玩耍半天，所以小孩子能够快乐。大人们也得这样，或者才能对付着活下去。细细一想，事情就全糟。我升了巡长，说真的，巡长比巡警才多挣几块钱呢？挣钱不多，责任可有多么大呢！往上说，对上司们事事得说出个谱儿来；往下说，对弟兄们得又精明又热诚；对内说，差事得交得过去；对外说，得能不软不硬的办了事。这，比作知县难多了。县长就是一个地方的皇上，巡长没那个身分，他得认真办事，又得敷衍事，真真假假，虚虚实实，哪一点没想到就出蘑菇。出了蘑菇还是真糟，往上升腾不易呀，往下降可不难呢。当过了巡长再降下来，派到哪里去也不吃香：弟兄们咬吃，喝！你这作过巡长的，……这个那个的扯一堆。长官呢，看你是刺儿头，故意的给你小鞋穿，你怎么忍也忍不下去。怎办呢？哼！由巡长而降为巡警，顶好干脆卷铺盖家去，这碗饭不必再吃了。可是，以我说吧，四十岁才升上巡长，真要是卷了铺盖，我干吗去呢？

真要是这么一想，我登时就得白了头发。幸而我当时没这么想，只顾了高兴，把坏事儿全放在了一旁。我当时倒这么想：四十作上巡长，五十——哪怕是五十呢！——再作上巡官，也就算不白当了差。咱们非学校出身，又没有大人情，能作到巡官还算小吗？这么一想，我简直的拼了命，精神百倍的看着我的事，好像看着颗夜明珠似的！

作了二年的巡长，我的头上真见了白头发。我并没细想过一切，可是天天揪着心，唯恐哪件事办错了，担了处分。白天，我老喜笑颜开的打着精神办公；夜间，我睡不实在，忽然想起一件事，我就受了一惊似的，翻来覆去的思索；未必能想出办法来，我的困意可也就不再回来了。

公事而外，我为我的儿女发愁：儿子已经二十了，姑娘十八。福海——我的儿子——上过几天私塾，几天贫儿学校，几天公立小学。字吗，凑在一块儿他大概能念下来第二册《国文》；坏招儿，他可学会了不少，私塾的，贫儿学校的，公立小学的，他都学来了，到处准能考一百分，假若学校里考坏招数的话。本来吗，自幼失了娘，我又终年在外边瞎混，他可不是爱怎么反就怎么反呗。我不恨铁不成钢去责备他，也不抱怨任何人，我只恨我的时运低，发不了财，不能好好的教育他。

我不算对不起他们，我一辈子没给他们弄个后娘，给他们气受。至于我的时运不济，只能当巡警，那并非是我的错儿，人还能大过天去吗？

福海的个子可不小，所以很能吃呀！一顿胡搂三大碗芝麻酱拌面，有时候还说不很饱呢！就凭他这个吃法，他再有我这么两份儿爸爸也不中用！我供给不起他上中学，他那点"秀气"也没法考上。我得给他找事作。哼！他会作什么呢？

从老早，我心里就这么嘀咕：我的儿子愣可去拉洋车，也不去当巡警；我这辈子当够了巡警，不必世袭这份差事了！在福海十二三岁的时候，我教他去学手艺，他哭着喊着的一百个不去。不去就不去吧，等他长两岁再说；对个没娘的孩子不就得格外心疼吗？到了十五岁，我给他找好了地方去学徒，他不说不去，可是我一转脸，他就会跑回家来。几次我送他走，几次他偷跑回来。于是只好等他再大一点吧，等他心眼转变过来也许就行了。哼！从十五到二十，他就愣荒荒过来，能吃能喝，就是不爱干活儿。赶到教我给逼急了："你到底愿意干什么呢？你说！"他低着脑袋，说他愿意挑巡警！他觉得穿上制服，在街上走，既能挣钱，又能就手儿散心，不像学徒那样永远圈在屋里。我没说什么，心里可刺着痛。我给打了个招呼，他挑上了巡警。我心里痛不痛的，反正他有事作，总比死吃我一口强啊。父是英雄儿好汉，爸爸巡警儿子还是巡警，而且他这个巡警还必定跟不上我。我到四十岁才熬上巡长，他到四十岁，哼！不教人家开革出来就是好事！没盼望！我没续娶过，因为我咬得住牙。他呢，赶明儿个难道不给他成家吗？拿什么养着呢？

是的，儿子当了差，我心中反倒堵上个大疙疸！

再看女儿呢，也十八九了，紧自搁在家里算怎回事呢？当然，早早撮出去的为是，越早越好。给谁呢？巡警，巡警，还得是巡警？一个人当巡警，子孙万代全得当巡警，仿佛掉在了巡警阵里似的。可是，不给巡警还真不行呢：论模样，她没什么模样；论教育，她自幼没娘，只认识几个大字；论陪送，我至多能给她作两件洋布大衫；论本事，她只能受苦，没别的好处。巡警的女儿天生来的得嫁给巡警，八字造定，谁也改不了！

唉！给了就给了啵！撮出她去，我无论怎说也可以心净一会儿。并非是我心狠哪；想想看，把她撂到二十多岁，还许就剩在家里呢。我对谁都想对得起，可是谁又对得起我来着！我并不想唠里唠叨的发牢骚，不过我愿把事情都撂平了，谁是谁非，让大家看。

当她出嫁的那一天，我真想坐在那里痛哭一场。我可是没有哭；这也不是一半天的事了，我的眼泪只会在眼里转两转，简直的不会往下流！

十五

儿子有了事作，姑娘出了阁，我心里说：这我可能远走高飞了！假若外边有个机会，我愣把巡长搁下，也出去见识见识。什么发财不发财的，我不能就窝囊这么一辈子。

机会还真来了。记得那位冯大人呀，他放了外任官。我不是爱看报吗？得到这个消息，就找他去了，求他带我出去。他还记得我,而且愿意这么办。他教我去再约上三个好手,一共四个人随他上任。我留了个心眼,请他自己向局里要四名,作为是拨遣。我是这么想:假若日后事情不见佳呢,既省得朋友们抱怨我,而且还可以回来交差,有个退身步。他看我的办法不错,就指名向局里调了四个人。

这一喜可非同小喜。就凭我这点经验知识,管保说,到哪儿我也可以作个很好的警察局局长,一点不是瞎吹!一条狗还有得意的那一天呢,何况是个人?我也该抖两天了,四十多岁还没露过一回脸呢!

果然,命令下来,我是卫队长;我乐得要跳起来。

哼!也不是咱的命不好,还是冯大人的运不济;还没到任呢,又撤了差。猫咬尿泡,瞎欢喜一场!幸而我们四个人是调用,不是辞差;冯大人又把我们送回局里去了。我的心里既为这件事难过,又为回局里能否还当巡长发愁,我脸上瘦了一圈。

幸而还好,我被派到防疫处作守卫,一共有六位弟兄,由我带领。这是个不错的差事,事情不多,而由防疫处开我们的饭钱。我不确实的知道,大概这是冯大人给我说了句好话。

在这里,饭钱既不必由自己出,我开始攒钱,为是给福海娶亲——只剩了这么一档子该办的事了,爽性早些办了吧!

在我四十五岁上,我娶了儿媳妇——她的娘家父亲与哥哥都是巡警。可倒好,我这一家子,老少里外,全是巡警,凑吧凑吧,就可以成立个警察分所!

人的行动有时候莫名其妙。娶了儿媳妇以后,也不知怎么我以为应当留下胡子,才够作公公的样子。我没细想自己是干什么的,直入公堂的就留下胡子了。小黑胡子在我嘴上,我捻上一袋关东烟,觉得挺够味儿。本来吗,姑娘聘出去了,儿子成了家,我自己的事又挺顺当,怎能觉得不是味儿呢?

哼!我的胡子惹下了祸。总局局长忽然换了人,新局长到任就检阅全城的巡警。这位老爷是军人出身,只懂得立正看齐,不懂得别的。在前面我已经说过,局里区里都有许多老人们,长相不体面,可是办事多年,最有经验。我就是和局里这群老手儿排在一处的,因为防疫处的守卫不属于任何警区,所以检阅的时候便随着局里的人立在一块儿。

当我们站好了队,等着检阅的时候,我和那群老人们还有说有笑,自自然然的。我们心里都觉得,重要的事情都归我们办,提哪一项事情我们都知道,我们没升腾起来已经算很委屈了,谁还能把我们踢出去吗?上了几岁年纪,诚然,可是我们并没少作事儿呀!即使说老朽不中用了,反正我们都至少当过十五六年的差,我们年轻力壮的时候是把精神血汗耗费在公家的差事上,冲着这点,难道还不留个情面吗?谁能够看狗老了就一脚踢出去呢?我们心中都这么想,所以满没把这回事放在心里,以为新局长从远处瞭我们一眼也就算了。

局长到了,大个子胸前挂满了徽章,又是喊,又是蹦,活像个机器人。我心里打开了鼓。他不按着次序看,一眼看到我们这一排,他猛虎扑食似的就跑过来了。又开脚,手握在背后,他向我们点了点头。然后忽然他一个箭步跳到我们跟前,抓起一个老书记生的腰带,像摔跤似的往前一拉,几乎把老书记生拉倒;抓着腰带,他前后摇晃了老书记生几把,然后猛一撒手,老书记生摔了个屁股墩。局长对准了他就是两口唾沫,

"你也当巡警!连腰带都系不紧?来!拉出去毙了!"

我们都知道,凭他是谁,也不能枪毙人。可是我们的脸都白了,不是怕,是气的。那个老书记生坐在地上,哆嗦成了一团。

局长又看了看我们,然后用手指划了条长线:"你们全滚出去,别再教我看见你们!你们这群东西也配当巡警!"说完这个,仿佛还不解气,又跑到前面,扯着脖子喊:"是有胡子的全脱了制服,马上走!"

有胡子的不止我一个,还都是巡长巡官,要不然我也不敢留下这几根惹祸的毛。

二十年来的服务,我就是这么被刷下来了。其实呢,我虽四十多岁,我可是一点也不显着老苍,谁教我留下了胡子呢!这就是说,当你年轻力壮的时候,你把命卖上,一月就是那六七块钱。你的儿子,因为你当巡警,不能读书受教育;你的女儿,因为你当巡警,也嫁个穷汉去吃窝窝头。你自己呢,一长胡子,就算完事,一个铜子的恤金养老金也没有,服务二十年后,你教人家一脚踢出来,像踢开一块碍事的砖头似的。五十以前,你没挣下什么,有三顿饭吃就算不错;五十以后,你该想主意了,是投河呢,还是上吊呢?这就是当巡警的下场头。

二十年来的差事,没作过什么错事,但我就这样卷了铺盖。

弟兄们有含着泪把我送出来的,我还是笑着;世界上不平的事可多了,我还留着我的泪呢!

十六

穷人的命——并不像那些施舍稀粥的慈善家所想的——不是几碗粥所能救活了的;有粥吃,不过多受几天罪罢了,早晚还是死,我的履历就跟这样的粥差不多,它只能帮助我找上个小事,教我多受几天罪;我还得去当巡警。除了说我当巡警,我还真没法介绍自己呢!它就像颗不体面的痣或瘤子,永远跟着我。我懒得说当过巡警,懒得再去当巡警,可是不说不当,还真连碗饭也吃不上,多么可恶呢!

歇了没有好久,我由冯大人的介绍,到一座煤矿上去作卫生处主任,后来又升为矿村的警察分所所长;这总算运气不坏。在这里我很施展了些我的才干与学问:对村里的工人,我以二十年服务的经验,管理得真叫不错。他们聚赌,斗殴,罢工,闹事,醉酒,就凭我的一张嘴,就事论事,干脆了当,我能把他们说得心服口服。对弟兄们呢,我得亲自去训练。他们之中有的是由别处调来的,有的是由我约来帮忙的,都当过巡警;这可就不容易训练,因为他们懂得一些警察的事儿,而想看我一手儿。我不怕,我当过各样的巡警,里里外外我全晓得;凭着这点经验,我算是没被他们给撅了。对内对外,我全有办法,这一点也不瞎吹。

假若我能在这里混上几年,我敢保说至少我可以积攒下个棺材本儿,因为我的饷银差不多等于一个巡官的,而到年底还可以拿一笔奖金。可是,我刚作到半年,把一切都布置得有个大概了,哼!我被人家顶下来了。我的罪过是年老与过于认真办事。弟兄们满可以拿些私钱,假若我肯睁着一只闭着一只的话。我的两眼都睁着,种下了毒。对外也是如此,我明白警察的一切,所以我要本着良心把此地的警务办得完完全全,真像个样儿。还是那句话,人民要不是真正的人民,办警察是多此一举,越办得好越招人怨恨。自然,容我办上几年,大家也许能看出它的好处来。可是,人家不等办好,已经把我踢开了。

在这个社会中办事,现在才明白过来,就得像发给巡警们皮鞋似的。大点,活该!小点,挤脚?活该!什么事都能办通了,你打算合大家的适,他们要不把鞋打在你脸上才怪。这次的失败,因为我忘了那三个宝贝字——"汤儿事",因此我又卷了铺盖。

这回,一闲就是半年多。从我学徒时候起,我无事也忙,永不懂得偷闲。现在,虽然是奔五十的人了,我的精神气力并不比那个年轻小伙子差多少。生让我闲着,我怎么受呢?由早晨起来到日落,我没有正经事作,没有希望,跟太阳一样,就那么由东而西的转过去;不过,太阳能照亮了世界,我呢,心中老是黑糊糊的。闲得起急,闲得要躁,闲得讨厌自己,可就是摸不着点儿事作。想起过去的劳力与经验,并不能自慰,因为劳力与经验没给我积攒下养老的钱,而我眼看着就是挨饿。我不愿人家养着我,我有自己的精神与本事,愿意自食其力的去挣饭吃。我的耳目好像作贼的那么尖,只要有个消息,便赶上前去,可是老空着手回来,把头低得无可再低,真想一跤摔死,倒也爽快!还没到死的时候,社会像要把我活埋了!晴天大日头的,我觉得身子慢慢往土里陷;什么缺德的事也没作过,可是受这么大的罪。一天到晚我叼着那根烟袋,里边并没有烟,只是那么叼着,算个"意思"而已。我活着也不过是那么个"意思",好像专为给大家当笑话看呢!

好容易,我弄到个事:到河南去当盐务缉私队的队兵。队兵就队兵吧,有饭吃就行呀!借了钱,打点行李,我把胡子剃得光光的上了"任"。

半年的工夫,我把债还清,而且升为排长。别人花俩,我花一个,好还债。别人走一步,我走两步,所以升了排长。委屈并挡不住我的努力;我怕失业。一次失业,就多老上三年,不饿死,也憋闷死了。至于努力挡得住失业挡不住,那就难说了。

我想——哼!我又想了!——我既能当上排长,就能当上队长,不又是个希望吗?这回我留了神,看人家怎作,我也怎作。人家要私钱,我也要,我别再为良心而坏了事;良心在这年月并不值钱;假若我在队上混个队长,连公带私,有几年的工夫,我不是又可以剩下个棺材本儿吗?我简直的没了大志向,只求腿脚能动便去劳动;多咱动不了窝,好,能有个棺材把我装上,不至于教野狗们把我嚼了。我一眼看着天,一眼看着地。我对得起天,再求我能静静的躺在地下。并非我倚老卖老,我才五十来岁;不过,过去的努力既是那么白干一场,我怎能不把眼睛放低一些,只看着我将来的坟头呢!我心里是这么想,我的志愿既这么小,难道老天爷还不睁开点眼吗?

来家信,说我得了孙子。我要说我不喜欢,那简直不近人情。可是,我也必得说出来:喜欢完了,我心里凉了那么一下,不由的自言自语的嘀咕:"哼!又来个小巡警吧!"一个作祖父的,按说,哪有给孙子说丧气话的,可是谁要是看过我前边所说的一大片，大概谁也会原谅我吧？有钱人家的儿女是希望，没钱人家的儿女是累赘；自己的肚中空虚，还能顾得子孙万代，和什么"忠厚传家久，诗书继世长"吗？

我的小烟袋锅儿里又有了烟叶，叼着烟袋，我哑摸着将来的事儿。有了孙子，我的责任还不止于剩个棺材本儿了；儿子还是三等警，怎能养家呢？我不管他们夫妇，还不管孙子吗？这教我心中忽然非常的乱，自己一年比一年的老，而家中的嘴越来越多，哪个嘴不得用窝窝头填上呢！我深深的打了几个嗝儿，胸中仿佛横着一口气。算了吧，我还是少思索吧，没头儿，说不尽！个人的寿数是有限的，困难可是世袭的呢！子子孙孙，万年永实用，窝窝头！

风雨要是都按着天气预测么来，就无所谓狂风暴雨了。困难若是都按着咱们心中所思虑的一步一步慢慢的来，也就没有把人急疯了这一说了。我正盘算着孙子的事儿，我的儿子死了！

他还并没死在家里呀！我还得去运灵。

福海，自从成家以后，很知道要强。虽然他的本事有限，可是他懂得了怎样尽自己的力量去作事。我到盐务缉私队上来的时候，他很愿意和我一同来，相信在外边可以多一些发展的机会。我拦住了他，因为怕事情不稳，一下子再教父子同时失业，如何得了。可是，我前脚离开了家，他紧随着也上了威海卫。他在那里多挣两块钱。独自在外，多挣两块就和不多挣一样，可是穷人想要强，就往往只看见了钱，而不多合计合计。到那里，他就病了；舍不得吃药。及至他躺下了，药可也就没了用。

把灵运回来,我手中连一个钱也没有了。儿媳妇成了年轻的寡妇,带着个吃奶的小孩,我怎么办呢?我没法再出外去作事,在家乡我又连个三等巡警也当不上,我才五十岁;已走到了绝路。我羡慕福海,早早的死了,一闭眼三不知;假若他活到我这个岁数,至好也不过和我一样,多一半还许不如我呢!儿媳妇哭,哭得死去活来,我没有泪,哭不出来,我只能满屋里打转,偶尔的冷笑一声。

以前的力气都白卖了。现在我还得拿出全套的本事,去给小孩子找点粥吃。我去看守空房;我去帮着人家卖菜;我去作泥水匠的小工子活;我去给人家搬家……除了拉洋车,我什么都作过了。无论作什么,我还都卖着最大的力气,留着十分的小心。五十多了,我出的是二十岁的小伙子的力气,肚子里可是只有点稀粥与窝窝头,身上到冬天没有一件厚实的棉袄,我不求人白给点什么,还讲仗着力气与本事挣饭吃,豪横了一辈子,到死我还不能输这口气。时常我挨一天的饿,时常我没有煤上火,时常我找不到一撮儿烟叶,可是我却不说什么,我给公家卖过力气了,我对得住一切的人,我心里没毛病,还说什么呢?我等着饿死,死后必定没有棺材,儿媳妇和孙子也得跟着饿死,那只好就这样吧!谁叫我是巡警呢!我的眼前时常发黑,我仿佛已摸到了死,哼!我还笑,笑我这一辈的聪明本事,笑这出奇不公平的世界,希望等我笑到末一声,这世界就换个样儿吧!

老舍年表

1899年
2月3日出生于北京西城护国寺附近小羊圈胡同内(现为小杨家胡同8号),这是一个满族护军家庭,父亲姓舒名永寿,母亲马氏。

1913年
考取北京师范学校预科,1914年入本科,1918年6月毕业。

1918年7月—1920年9月
在京师公立第17高等及国民小学校任校长。

1921年初
发表最早的短篇小说《她的初恋》。

1922年
在天津南开学校中学部担任初中国文教员。

1923年8月—1924年夏

受聘在北京一中任教。

1924年

赴伦敦大学东方学院华语学系任华语讲师。开始创作《老张的哲学》。

1926年

8月，在《小说月报》连载《老张的哲学》，署用笔名老舍。

1928年

完成《二马》的创作。

1930年7月—1934年7月

任齐鲁大学国学研究所文学主任兼文学院文学教授。其间完成了长篇小说《大明湖》《猫城记》《离婚》《牛天赐传》、短篇小说集《赶集》和《老舍幽默诗文集》的创作。

1934年秋—1936年7月

在山东大学中国文学系任教授。其间完成了短篇小说集《樱海集》的创作。

1935年底—1937年8月

完成了长篇小说《骆驼祥子》、中篇《月牙儿》《阳光》《我这一辈子》和短篇小说集《蛤藻集》等作品。

1937年

11月18日抵达汉口，从事宣传抗战的通俗文艺创作。

1940年

迁居坐落在重庆郊区的冯玉祥公馆，创作话剧《张自忠》等。

1943年

创作完成了长篇小说《火葬》和《四世同堂》的第一、第二部。

1946年

创作完成了长篇小说《四世同堂》的第三部《饥荒》和长篇小说《鼓书艺人》。

1956年

创作话剧《茶馆》。

1966年

在三次下乡的基础上，创作话剧《在红旗下》。

1966年

8月，在北京西北郊太平湖投湖自尽。

百年中篇典藏

林贤治 主编

《阿Q正传》　　鲁迅 著

《她是一个弱女子》　　郁达夫 著

《莎菲女士的日记》　　丁玲 著

《二月》　　柔石 著

《生死场》　　萧红 著

《林家铺子》　　茅盾 著

《丽莎的哀怨》　　蒋光慈 著

《长河·边城》　　沈从文 著

《阳光》　　老舍 著

《八月的乡村》　　萧军 著

《小二黑结婚》　　赵树理 著

《饥饿的郭素娥》　　路翎 著

《组织部来了个年轻人》　　王蒙 著

《大淖记事》　　汪曾祺 著

《绿化树》　　张贤亮 著

《被爱情遗忘的角落》　　张弦 著

《人到中年》　　谌容 著

《小鲍庄》　　王安忆 著

《关于詹牧师的报告文学》　　史铁生 著

《褐色鸟群》　　格非 著

《妻妾成群》　　苏童 著

《小灯》　　尤凤伟 著

《回廊之椅》　　林白 著

《到城里去》　　刘庆邦 著